～御存知！「銭形平次」の作者とその妻の物語～

野村胡堂とハナ夫人

寺島利尚

はじめに

子供時代は、ラジオから流れるクラシックのピアノ曲・声楽曲・オーケストラで演奏される交響曲などが私の大の好みであった。勿論、流行歌なども一度聞いただけでその当時はすぐ覚えることが出来た。

中学に入ると、新聞などで紹介される音楽についての論評などへも目が向き、読むのが当たり前のような日々を過ごしていた。その一つに、朝日新聞に掲載された「あらえびす」の音楽演奏家に対する評論がある。中学一、二年頃の思い出である。

本に興味を持つようになったのは、小学校（国民学校）二～三年の時である。長期の休みが必要になる病気で、医者通いが当たり前のような毎日であったが、その時、宮沢賢治の子供向け作品にはじめて触れた。それが書物に視線を向ける契機となったものといえる。

そのようなこともあり、賢治の作品『永訣の朝』などについても、もう一度じっくり味わってみたいとの思いから、当拙書に載せることとした。ハナ様と賢治との繋がりもある。

また、高校に行きだして、英語の先生であり、図書館長だったK先生の誘いで、図書館の生徒司書として放課後は閉館まで図書館にいることが殆どであった。こんな環境もあって、並んでいる書物の中でも文学書に興味を抱き、漱石・鷗外を中心に芥川、花袋、他の作家にも目が進み、暇に任せて読み漁った。だから、野村胡堂の作品などにも、当然のように食指が動いた。

半世紀以上前、証券外務員として偶然訪れた家が、野村胡堂・あらえびすの家であり、そこでいろいろ話を伺うことになったことについては、時間が経っている現在でも、はっきり記憶してることが多い。故に、その一部をピックアップして書き出してみようと思う。
また、今まで野村胡堂氏について、出版された書物では、主・胡堂氏についての論評が殆どである。そこで、ここでは目を奥方ハナ様にも向け、どのような方であったのか、小説家・野村胡堂、音楽評論家あらえびすを支え、仕事を成し遂げさせた野村ハナ様とは、どのような人であったのかという点についても、なるべく多く焦点をあててみたいと思っている。

野村胡堂とハナ夫人

〜御存知！「銭形平次」の作者とその妻の物語〜

報知新聞社時代（大正4年夏）

野村胡堂とハナ夫人

目次

目次

一、私の人生はハナなしには考えられない…胡堂

一〜(1)　優しさに満ちた野村ハナ様の人柄

井之頭線の高井戸駅を降り、住宅街に入り飛込みセールスをしているとき、「野村長一」の表札を目にして吸い込まれるように、門を入り、チャイムを押した。お手伝いさんと思われる人が玄関の戸を開けてくれたが、それに続いてすぐ、ご年配の夫人が現れた。Ⓓ証券から来た事を告げると、「どうぞ」と言って応接室に通された。

応接室に入って、ソファーに座る前にまず気づいたことは、額縁に全く模様や彫刻のない普通の、縁幅二・五cm位の額に飾られている四号ほどの版画（風景画）に目が向いた。客が座ると背にすることになるので、面談中は全く意識の外に置かれることになるが、広重作であることはすぐに分かった。安藤広重または歌川広重と呼ばれているが、安藤が本名だと中学時代に覚えたように記憶している。広重は風景画を主として、名を成してからは、基本的には美人画には興味を示さない。その点、菱川師宣や喜多川歌麿、勝川春草、鈴木春信らとは一線を画すようにも見える。

訪問の意図を告げ、無記名証券について話すと、「では、こちらにどうぞ」と言って、奥の部屋の方へ案内され書斎に通された。

書斎には野村家の当主・野村長一《おさかず》様がおられた。「野村胡堂」であり、「あらえびす」であることを教えられたのである。

あらえびすの音楽評論については、戦後・昭和二十四・五年頃、朝日新聞だったと記憶しているが、その一面に記事が載っていたことを覚えている。

昭和二十五年は、私が中学二年の時であった。

週一回の掲載であったかどうかは忘れたが、子供の頃は、声楽家になりたい、絵描きになりたいなどと、音楽や絵画に大きな興味を抱いていたこともあって、「あらえびす」の新聞記事は自分にとって知らないことを教えてくれる、大切な音楽教本のような存在になっていたのである。

朝起きて居間に行き、いつも自分が座る卓袱台《ちゃぶだい》のところに着こうとするなり、父の「新聞を取って来てくれ」の声に促され、取りに行った。

玄関でひょいと開けてみてびっくりした。一面の「朝日新聞」とタイトルの付いている下にはいつも通り「発行所・住所等」が載っていたか、それとも小さな細長い広告だったと思うが、その下に朝日新聞と書かれている横幅の二・五倍程の枠に、縦長の記事が目に留まった。「あらえびすの音楽評論」であった。

「こんなところに載っている」と大きな声を張り上げた。それから玄関の上り口に新聞を広げ、座り込んで読みだした。父は多分「どうした。早く持ってこいよ」と促したと思うが、その声は全く耳に入らなかった。あるいは何か読み出したな？ と思い、黙って待っていたのかもしれない。数分・約十分近くかかったと思うが、読み終わったあと、居間の父親のところに持って行った。「あらえびすがこんな所に載っていたんだよ」と、父親に告げながら渡したことをはっきり記憶している。父は何も言わずに目を通していた。

1952（昭和27）年1月29日「サンデー毎日、写真班撮影
野村胡堂夫妻と、三女稔子及び信雄（9才）・碧（6才）
写真提供：住川 碧様より

今まで一面に載っていても、左下にあるか、真ん中下部、天声人語の上（広告の上）のところにあるかであったと記憶していたが、その日は一面の新聞名表示の下のところにあったから、びっくりしたのであった。

野村家を訪問したのは、昭和三十七年初夏・二十代半ばであったが、中学時代の事が走馬灯のように思い出されての面談であった。

奥方のハナ様が少し席をはずされているとき、胡堂先生があらえびすの音楽評論について少しだけ説明してくれた。「バッハからシューベルトまでだよ」などと。

その時、胡堂先生は既に言語に支障が出ていて、その時の「シューベルト」という言葉すらなかなか私には聴き取れず、二回も聴き直してしまった思い出がある。シューベルトの「冬の旅」の事や、それ以外の音楽家、シューマンやショパンの作品にかかわった演奏家、オーケストラの指揮者などについても聞きたかったのではあるが、会話の上でご苦労を掛けてしまうと思い、質問を躊躇していると、そこに奥方が戻ってこられた。

松田信雄さん（12～3才位）と、碧さん（10才位）兄弟
軽井沢にて・写真提供：住川 碧様より

手にしている紙が何かと思って見ると、差し出されたものは、ソニーの株券であった。「これをあなたのおっしゃる無記名証券に切り換えてください」と言って、差し出したのである。ソニー一万株であった。当時、一株当たり七八〇円前後していたから、一万株

では、七八〇万円近くになる。

飛込みで来た私を「信頼して下さるのは大変有難いことではありますが、一旦会社に戻り、明日預り証を持って参りますので、それまでお待ちいただけますか。それでないと、たとえ名刺の裏に、仮の預かり証を書いてお預かりしたとしましても、事故や災難なども考えられます。ですから金額の大小に拘わらず、明日昼頃には会社の預かり書を持って参りますので、お待ちいただけますか」といって、また次の日に訪問したことをはっきり覚えている。

この辺りにもハナ様の人柄がはっきり表れている。この子は信頼できるかどうかを見定めておられたのかもしれない。当時、二十歳代中盤のサラリーマンの月給は、二万円にも満たなかったから、七百万円がどれほど大きな金額であったか説明する必要もなかろう。

昭和三十七年五月、第一回目の注文であったが、野村様からの依頼を受け、ソニーを一万株売却して、その代金は手取り七百七十万円強ほどであった。「端下は現金で持ってきてください」と言われた。はじめ端下は万未満の金額かと思ったが、奥方のおっしゃる端下は百万円未満であることが判り、七百万円を投資信託にしていただいた。

当時、昭和三十年代後半、野村家では野村証券・日興証券・山一証券とは、お付き合いがあり三社の投資信託は持っておられたが、大和証券とは取引がなかったことから、バランス感覚での取引開始であったのかも知れない。

注文を頂いたことを社に帰って報告すると、社内では大きな評判になった。上司たちは戦前・戦中の教育を受けた人達が多かったので、当然のように戦前から作家として活躍していた野村胡堂を知らない人はいなかった。情報にして各支店に伝えられてしまったのである。

＊　＊　＊　＊

少しそのことについて触れておくと、その情報を知った都内の池袋支店勤務の△△が、野村胡堂とは岩手出身の同郷だからという事で、お付き合いをお願いしたいと言って、同じソニー一万株を売らせ、同様に七百万円分の投資信託を買っていただいたようである。しかし彼は野村家からは、それ以上は資金を出してもらえなかった。そんな事もあってか、預かっている証券を数か月すると売却させ、乗り換えることを進めたようである。この場合、本人の成績が確保されるだけで、投資信託は数か月で儲けが出る筈もない。額面は減少していくことになる。

都内池袋支店から本店へ移ってきた経理の竹内君が「池袋支店に、同じ野村さんから投資信託を買っていただいていて、随分成績を上げているようだよ」との情報を頂いたこともあったが、それはそれと割り切っていた当時を思い出す。それは次のような結末であった。

ハナ様にとって、ご主人の胡堂様が亡くなられて四年ほどが過ぎ、ご主人とは六歳違い（学年は五年違い）であることから、自分もそろそろ寿命が来ているのではないのかという思いに駆られる日々が多くなっていた。

そのような現実に触れてか、昭和四十二年夏近くになって、同じ会社の池袋支店に対し、「お預けした証券を解約したいので、売って現金をもってきてください」と、営業マンの△△に伝えたとのことであった。

これは、ハナ様から直接聞いた話である。

売却して現金を持ってきてくれたのは良いが、当初預けた七百万円が、なんと十分の一近い七十四～五万円程になっていたという。それも一人で謝りに来ることができず、奥さん同伴で頭を下げて帰って行ったと、野村ハナ様は悲しげな顔をしておられたことを思い出す。

一体どうしたら、預かったものが十分の一になるのか、当時の私には判断できなかった。

彼は各月の成績で、給料が支払われる投資信託の歩合外務員の一人であったが、自分の生活だけを維持することが目的で、何でも言う事を聞いてくれるお客様に対し、社内での成績をより上げることを目的として売買を勧め、乗り換えさせるのであった。徐々に説明もせずに乗り換えをしてしまう。客に損をさせることには麻痺してしまっていたのであろう。そのことを後になって考えても、どうも判断し兼ねる事であった。

丁度、野村家から池袋支店に解約依頼のあったころ、当該支店の支店長から本店の営業部次長に電話があって、私に対して、池袋支店に来てほしいという電話が入ったようであるが、何のために池袋支店に行かなければならないのかの説明も無く、理解できなかったので、当時の私は全く無視していたことを覚えている。

後に野村ハナ様から、解約の経緯を聞いて、そのようなことに拘わらなくてよかったと、胸をなでおろした思い出もある。これについては、支店の営業課長は若い社員であったので除くとしても、当時の池袋の支店長にも、一営業マン△△と同じ大きな責任があったことと、今でも判断している。

ハナ様は「ご本人が、引き出して使ってしまわれたのではないでしょうか」と言っておられたが、その言葉に、私は返す言葉もなく、「会社の信用にもかかわる事なのに…」と、当時の卑劣な一営業マンの行為について、また池袋支店の当時の支店長に対しても、悲しい怒りに苛まれていたことを思い出す。

どうしてそのような酷い騙し、詐欺行為をしてしまったのか。当然、成績が欲しかったものといえようが、他のお客さんを開拓すればよい筈。それなのに、全くそういった努力もせず、金銭の事はまかせっきりのお客様に対し、安易に、損失に損失を重ねる仕業を何故してしまったのか。成績が上がらなければ、他の職業につけばよいとまで、その時は自分の心の中では池袋支店の、その営業マンに対しては卑下し、怒りすらも感じていた。

営業マンの提案には野村ハナ様は「ハイ」「ハイ」と答えてくださる。一回の乗り換えでどれほどの手数料がとられることになるのかなどは、お客様である野村ハナ様としては、全く思考の外にあったことであろうが、それを良いことに営業マン△△は、一体どういう認識であったのか。

松田稔子様（野村胡堂三女）が書いておられるように、御母堂ハナ様は、「身分の高い人にも低い人にも、いつも同じ態度で接し、怒った顔を見せたことがない、明るい弾力のある心を失わない」人であった。そして、「家の下の女の子は時々こういう」。「私ね、おばあちゃまを、行きたいという所に一緒に連れて行って上げるのが、望みのひとつよ」と言ったと書いておられる。その時の下の女の子というのは碧さんの事である。

ハナ様は、お客様として、専門家である証券マンの言うことばに従っておられたから、預けたお金が今いくらになっているのか等については、考える事すらしなかった。それを良いことに歩合外務員という立場で、自分の収入を増やすだけの目的でお客様から預かった証券を売り買いする。全く許せないことであったといえよう。

預かった資金の中で、乗り換えだけが続くような場合、上司である支店長にも同様の責任があると思われる。支店としては、成績だけが欲しかったのかもしれないが、その内容にもチェックする必要があったのではないのか。或いは判っていてやらせておけと、考えていたのであろうが、このことについて、繰り返しになるが、当時の私は大変な憤りすら感じていたことを思いだす。それと同時に、会社に対する不信感が必然的に湧いてきていた。当時、その会社に勤めていた私が思ったのであるから、お客様はもっと多くの不信感を抱いたと思われる。

私が訪問する場合、基本的に新規資金をお願いしていたので、その当時ハナ様からは、既に四～五千万円ほどの資金をお預かりしていたことから、成績欲しさの商品の乗り換えを考えたり、勧める必要を全く感じなかった。しかし、池袋支店の△△は、新規資金は自分のところには預けてもらえないと判ると、徹底した乗り換えによる、目先の成績と、収入の維持を図ったものといえる。

野村ハナ様は営業マンの提案に対して、決していやだとか、駄目とかを言わない人であった。それを良いことに、勝手に売り買いして、営業マン自身の収入だけを得ようとしていたのであろう。株式の売買と違って投資信託は手数料が高い。売り買いを繰り返す株式の場合とは異なるのである。

＊　＊　＊　＊

昭和三十六年後半から三十七年には、七百円台前後であったソニー株が、昭和四十年になると、三百円台になり、三百円台を割るような事態になってしまった。最安値は昭和四十年七月二十六日の二百五十一円である。それでも、年末には四百円台を回復する動きを示した。

このような株式の売買に伴う手数料とは違い、一万円の投資信託を買うと、五％ほどもの手数料がかかってくる。投資信託の場合、債券なども買い付けるので株価の暴落に、直接は影響を受けないが、上がる時も株価の変動を直接的には影響を受けない。

斯様の事については、大らかで、決して他人を誹謗中傷しない野村ハナ様の人間性の問題であろうが、そのような人間味豊かな方を苦しめた営業マンは、第三者の立場から見て、決して許されることではないと断言できる。

一～(2) 行儀見習いのお嬢さんを紹介

千葉・佐原市に、当時大きな金物店があり、当証券会社のお客様になっていただいていた。その家から「娘を行儀見習いに出したい。良いお宅があったら、ご紹介いただけませんか」という依頼があった。その時の石川本店営業部長も乗り気で「君、どうかね。野村さんのお宅は難しいかね」という話を投げ掛けてきた。

そのお宅・金物店は由緒ある古い家であったから、娘を普通の会社に勤めさせることは、いろいろの誘惑や危険が伴う。それを娘に味あわせたくない。将来、起こりうるトラブル等を、決して家に持ち込んでほしくないと感じていたのであろう。故に、しっかりした家への行儀見習いの依頼があったものと理解した。

そのころ野村家にお手伝いさんは二人居たが、そのうちの一人、古くからいる年上の子に結婚話があったので、その後釜に如何かとも思い、話してみようという気になった。ただ胡堂先生が亡くなられて、それからは奥方様お一人であるから、お手伝いさんはひとりでも良いのではないのかとも考えられたが、庭などを含めると八百坪程もある広い敷地であったし、行儀見習いで入るという事で、単なるお手伝いさんとは違うかなとも考えたわけである。

例えばお茶の入れ方でも、野村家に伺いお茶をご馳走になると、そのおいしさは群を抜いていた。質の良い宇治茶であることはすぐわかったが、お茶は入れ方ですっかり味が変わってしまうことから、野村家で馳走になるお茶は、訪問する一つの楽しみでもあった。

そのお茶の事で思い出すのは野村家に訪問していた同じ頃、昭和四十年前後であったが、奈良の薬師寺の「管長のひいおばあちゃま」と呼ばれていた方がお客様で、東京・洗足池の近くに住んでおられた。実際には管長の祖母であったが、そのお宅に伺うと、やはりおいしいお茶を、その日も目の前で入れてくれた。急須のお茶が注がれ、ほぼ入れ終わる頃合いを眺めていた私は、ついうっかり「最後の一滴」といってしまった。

そのおばあちゃまは、ニコニコしながら、不用意な私の一言に対し、「どこで覚えたの？」と聞いてきた。そこで「野村胡堂の奥方がいつも目の前で入れてくれているから」とその話をすると、「いい経験をなさっておいでね」と微笑んでおられた。

そのおばあちゃまが、なぜ「ひいおばあちゃま」と呼ばれていたかというと、当時のまだ若い薬師寺管長には子供がいたが、その子からすれば、「ひいおばあちゃま」という事になるのであった。それは、奈良の薬師寺へ行くと、「そう呼ばれるのよ」と、話しておられたことを思い出す。当時その管長は、端正なタレントはだしで、テレビなどにも、よく顔を出して居られたから、茶の間にも知られた方であった。

話はまた少し横道にそれるが、数年前『人麻呂の心と時代を詠む』の原稿を書いていると き、薬師寺の事について、写真・他の記述が必要になった。許可を得るために薬師寺に電話 した折、ご年配と思われる女性の係りの方が出られた。

話の中で「管長のひいおばあちゃま（宇都宮好恵様）」の話をしたら、「よく存じ上げております」 と返事があったことから、話が弾んで便宜を図って下さり、データが取り寄せやすくなったり、 別掲の写真転載について許可がすぐ下りたことを思い出している。話をもとに戻すことにする。

行儀見習いの話をハナ様にすると、「判りました」と、すぐ承諾して下さった。もともと ハナ様は太平洋戦争以前、母校日本女子大学の付属女学校で教鞭をとっておられたから、教 育者としての物の見方をなさる方であった。故に指導するという事もあって、即座に了解し て下さったものと思われるが、それだけではない。どのような家の子が来るのか、全く聴き もせず、確かめもせずに、私どものお客様の娘さんというだけで、了承してくださったこと には、驚きすらも感じたことを思い出す。

日本女子大の付属校で教鞭をとっておられたことについては、ハナ様は、文系の東洋史・ 西洋史を始め、理系の生理・理科迄も、広い範囲で指導をされていたように伺っていたから、答えるのに困るような質問までもされたことを覚えている。

例えば、わたくしの当時の仕事（証券セールスマン）を振り返ると、各銘柄の株価変動についても、興味をもっておられたようである。

個々の銘柄の好材料・悪材料がその時の社会情勢を受けて、どのように株価に反映するのかを、少しでも理解出来たらよいとも考えておられたようで、それに類した質問を繰り返しされたことを覚えている。また不用意に新聞にも書いてある三文字・四文字で記されたローマ字の頭文字だけを使った熟語（例えばＭＳＡなど）を、そのまま使って話してしまうと、「略した文字、それぞれの意味は何ですか？」と、質問が来る。教室で授業を受け、先生に質問されているような錯覚すら持ってしまうのである。

答えられる場合はよいが、そんな時ばかりではない。全体の意味は新聞などに説明されていることから、自分としては理解出来ている積りでも、質問者ハナ様は、個々の持つ意味を、どのような語の略なのか、明確に理解したいと考えておられたように思われる。或いは長い間、学校で教えておられた体質が頭を持ち上げ、質問なさったのかもしれない。

株価については、ソニーの株を井深大さんとの繋がりで、多く持っておられたのであるから、上がり下がりの大きいこの株については、上がったから売るとか、下がったから買う等の事でなく、人生の終盤に差し掛かって、売る段階で条件が良ければ有難いと考えておられたようでもある。井深さんとのつながりについて、早逝されたご子息「一彦」様との関係などについても少しだけ話してくださったことを覚えている。

右に、「ＭＳＡ」と記して例を挙げたが、令和になった現代では、様々な意味に用いられているようである。この本文の場合は、終戦の六年後、一九五一年十月に成立したアメリカの相互安全保障法に基づいて与えられたアメリカの対外援助のことを言う。ＭＳＡは、Mutual Security Act は、「相互安全保障法に基づく自由主義諸国に対する軍事・経済・技術援助などの条件として、被援助国は防衛力を強化する義務を負う」としている。日本は一九五四年三月にＭＳＡ協定を結び、四十六番目の締結国となった。

ハナ様は既に喜寿を迎えておられたから、預かる子のためには、自分がどれほどのことを教えてあげられるか、自問自答しておられたであろう。

最初に佐原の金物屋さんから話が有り、娘・澄枝さんと会って感じたことは、家庭教育が、しっかり出来ている素晴らしい家庭のお嬢さんであるように思われたこともあって、やはり「安易に会社勤め等はさせたくない」という親心が、前面に出たものと私は理解していた。当然、野村様のお宅でも、ハナ様は同様の認識をもっておられたように考えられる。しかし何故、行儀見習いに出そうと考えたのかについては、その後、私が佐原に伺っても、話題にしたことはなかったので、ご両親がどのように考えておられたのかは想像の域を出ない。行儀見習いはハナ様が亡くなるまで続いた。野村ハナ様が亡くなられて、その後私は、野村家三女・松田稔子《としこ》様のところに訪問するようになったが、一度稔子様から澄枝さんについて、話題を投げかけられたことはある。私からは判らない事には触れないようにと考えていたこともあって、話題はすぐほかに変わったことを覚えている。しばらく後になって、嫁がれた澄枝さんから年賀状が届き、結婚したことも記憶している。

一〜⑶　才媛ハナ様は文系・理系の四科目を指導

ハナ様がお年を召されていたこともあり、月に一度訪問するときは、だいたい一時間から一時間半を限度に話をお聞きすることにしていた。

こちらから話題を提供するというより、私が訪問すると、次には何を話すのが良いのかを予め決めておられるようでもあった。訪問する私の要件は五〜六分もあれば足りる事が多く、また認印一つ押してもらえば済むこともあった。たまには、書類等の交換は全く関係なく、話を聴くという事だけでの訪問も行った。

話好きのハナ様だと、私は認識していたが、それだけではなく、当時、二十代後半を迎えての未完成な私を教育してあげようという親心が、頭を擡たげて居られたのではないのかとも感じられた。

或いは、主・胡堂あらえびすについて、より多くの事を一部の者には話しておきたいと考えておられたのかもしれない。聞く側の私にとっては、色々聞かせてもらえる嬉しさはもとより、多くの事を知りたい、聴きたいという欲が、自然に一時間から一時間半になったもののように思われる。それ以上は、ハナ様の年齢の事もあり、退出することを考えながらの面談であったように記憶している。話の内容によっては、同様の話を私以外のもう一人にしたという事を、伺ったことがあったけれども、それがどなたであったかは、聞きそびれてしまって判らない。ハナ様に「私の他に話されたのはどなたですか」と質問しなかったことを今は後悔している。

野村家当主・長一氏が、広重・武鑑、及びレコード収集で給料の全てを書店・楽器店等に継ぎ込んでしまう事もあったようであるが、それでは家庭生活の崩壊をきたしてしまう。明

る く振舞っているハナ様もどうしようか迷った末、「私が働けばいいんだわ」と考えるようになったとのことである。

そこで、母校の日本女子大まで相談に行った。母校では「あなたでしたら、是非」という事になり、ハナ様は付属女学校で教えることになったという。

指導教科は先にも示したように、理系・文系にわたる四科目、理科・生理、東洋史・西洋史という普通の教師では処理不可能な理系・文系の分野をひとりで教えていた。大変な才媛であったことが伺える情報でもある。それもその筈、ハナ様は小学校時代も、女学校に入っても、いつも成績は群を抜いてトップ、転校して東京へ出てきてからも、日本女子大付属女学校でトップの成績であったという。これはハナ様以外からの情報である。

奥方が働くためには、当然のように、住まいは学校の近くへ引っ越さなければならなかった。三女稔子さんがまだ小さく、授乳期であったこともあって、昼休みは、ハナ先生のかけっこが始まったようである。自宅へ帰ってお手伝いさんから赤ちゃんを受け取ると、お乳をやり、子守唄を忘れない。そして手際よく家事を片付けると、また学校へ戻る。授業が終わり帰宅すると、一彦・敦子さんの勉強に気を配る。そして次女・瓊子さんの相談事も聞く。ハナ様は目の回るような日々を送っていたといえる。夜、夫・長一氏が新聞社の務めから帰ると、当然、一日の事を長一氏と語り合うのが日課だった。

夫・長一氏は妻・ハナ様に感謝しながらの日々であったという。後年、長一氏の口から、「私の人生は、ハナなしには考えられない」と語っていたというが、この一言が野村胡堂・あらえびすの成り立ちの、全てを言い表しているように思われる。銭形平次の妻・お静は、胡堂の妻・ハナ様の人となりそのものを、登場させていたようにすら思われる。

会話での表現の仕方は、日常話していた妻・ハナ様そのものであるように見て取れる。これについては、『銭形平次捕り物控』に出てくるお静の言葉のやり取りを、一部書き出してみようと思う。

一、私の人生はハナなしには考えられない…胡堂

胡堂先生は、『銭形平次捕り物控』を書いていく段階で、毎月雑誌社が取りに来る前に、書いた原稿は必ず妻・ハナ様に見せるのが習慣になっていたという。これはハナ様から聞いたことである。

ハナ様は、原稿を読んでチェックしたようで、例えば「この最後の部分は、前々回の原稿で同じような終わり方に、なっていたでしょう」とか「前月書いたものと似ているのではないでしょうか」等と感想を言うと、書き直して取りに来た出版社・雑誌社の人に渡すという事が、少なからず生じたようである。

松田家に嫁ぎ、二児の母親にもなっている稔子様が、小学校二年生の時、鎌倉の稲村ヶ埼のころの思い出として、父胡堂は小説の筋ができると、ハナ様にその筋書きを話し、「結構でしょう」と言われると、元気な声に変わり、書くことに打ち込むことが多かったという思い出を話して居られた。また、筋書きがうまくできないと、「あんこができない、できない」と言って、家中をイライラしながら歩き回っていた事などを話してくれた。ただ書き始めると、ハナ様も認めておられたように、「主・胡堂は書くのが速くて、取りに来た係りの人を待たせても、それほど時間を取らせなかった」と、話しておられた。それもその筈、新聞記者時代、同僚たちの大きな声・全く違った内容の政治談義等をそれぞれに周りでやり合っている中で、自分なりの仕事をしてきたわけであるから、子供が騒ごうが、どうあろうが、思いついた内容を即座に文字に変えることについては、長年の習慣となっていたわけで、殆ど気にならなかったようである。

ただ、名の知らない出版社から原稿依頼が来て、なんとか書いて期日に間に合わせてあげても、原稿料は入らずじまいで、出版社が閉鎖されてしまうこともあったようで、大変だったなどの事も話してくださっている。

二、ハナ様の実家橋本家と宮沢賢治との繋がりから

二〜(1)　優しさ溢れた賢治の作品とハナ様の心の豊かさ

ハナ様の生家・橋本家の親戚に宮沢賢治の母イチがいるという。前田多門令嬢・前田美恵子の愛読を誘ったのも、賢治の作品の文章の内容が、優しさに満ちた母イチの人となりを受け継いだ賢治の、世の中を見る心の眼に惹かれたからではなかったのか。前田美恵子でなくても宮沢賢治の作品に、全国の子供たちは魅了された筈である。

小学校二年生でも充分理解できる『セロ弾きゴーシュ』はじめ、学年は少し上がるが、『風の又三郎』『オツベルと象』『注文の多い料理店』『どんぐりと山猫』『銀河鉄道の夜』『烏の北斗七星』等、十作品近くがすぐ頭をよぎる。優しさに満ち溢れたこれらの作品の、底流にある橋本家が継いできたであろう優しさ慈悲深さを、ハナ様も同様に引き継いでおられたように思われる。

そのような性格の良さに、野村長一(胡堂)も結婚するならこの人と思ったのではないのか。性格の良さは、大人も子供も関係なく表情に現れるものである。大らかさ・心の豊かさは、その相手に会っただけでも自然に見えてくるものである。

だから年齢は六歳も違うといっても、知り合ってすぐ、少しの会話で、相手の性格の良さに気づいたのであろう。ただ長一が小学校六年の時、ハナ様は三月の早生まれであるから、ようやく小学校に上がったばかりの一年生になった。長一氏が盛岡中学に上がった時、ハナ様は小学校の二年生になるという事になるが、どのようにして知り合うことができたのか。多分、通学時や、祭りなどで一緒に過ごした時間などもあったのであろうか。

何故そのようなことを疑問に思うのかと言えば、野村・橋本両家の距離はそれほど近くない。野村家から橋本家まで、車でも数分かかる距離だからであるともいえよう。しかし、お互いの家と家の間には、田畑があるのみで、遠くても相手の家が見えるところに住まいがあった。このようなことも手伝ったからであろうか、親の決めた相手を振り切ってまで、東京へ出て結ばれることになるのであるから、二人は幼少期から、強い絆で結ばれていたことになる。

野村家と橋本家は、同じ紫波村である。両家は野村家が村長をしていたとはいえ、江戸時代は農民である。一方、橋本家は人小の脇差を持ち歩く身分であった。江戸時代とは異なるとは言え、明治時代には身分制度がそのまま残っていた中に住んでいた二人が、どのようにして知合いになれたのか、その辺も興味の対象である。野村家では長一さんが家を出た後、耕次郎さんが後を継いだ。一時父親（長四郎）が、村起こしのため、村民等と行った共同事業（羊飼育）は失敗してしまったという。その失敗を一手に自分だけで引き受け、彦部村の人々には一切損をかけずに弁済した結果、ほぼ財産は失われた。しかし、後に長一（胡堂）氏の弟・耕次郎さんが努力の末取り戻して、以前のままの田畑などの土地所有者になっていると、家を継いだ方が話して居られた。

二～(2)　三等切符での目まぐるしい人生の旅

野村ハナ様の生家、橋本家と、宮沢賢治の家の関係について姻戚関係であることに触れたが、もう少し宮沢賢治について調べてみようと思う。

賢治は明治二十九（一八九六）年八月二十七日（戸籍上は八月一日）、岩手県稗貫郡里川口村川口町（現花巻市豊沢町）で生まれた。父政次郎二十二才、母イチ十九才の長男。家業は質・古着商だが、賢治はこれを嫌っていた。父は町会議員もした町の名士、また浄土真宗信徒であった。二歳違いで、妹トシが生まれた。野村胡堂とは、十四才違い、賢治が後輩である。九才、花巻川口尋常高等小学校三年の時、担任の八木英三が読んでくれた童話に賢治は強い感銘を受け、自分でも巌谷小波などを熱心に読むようになったという。

二、ハナ様の実家橋本家と宮沢賢治との繋がりから

十三才、優等で高等小学校を卒業した。県立盛岡中学（現盛岡一高）に入学。岩石・植物採集に熱中するようになった。中学の十年先輩である啄木の影響もあり、短歌に興味を持った。また、エマーソンの哲学書などを読み、教師に反抗するようになる。

十八才盛岡中学校を卒業する。肥厚性鼻炎の手術、その後高熱が続き入院。十九才、盛岡高等農林学校に入学（現岩手大学農学部）。農芸化学科に首席入学。土壌学の権威、主任教授・関豊太郎を生涯の師とすることとなった。

一九二〇（大正九）年、二十四才。研究生終了。妹トシ、二十二才、日本女子大卒業後、花巻高女教諭心得となる。一年程勤務した。トシが学んだ大学は、野村ハナと同じ大学であり、二人は先輩・後輩の関係になる。

一九二一（大正十）年、二十五才。賢治は父に日蓮宗への改宗をせまり激しく論争する。その後、突然上京する。童話創作熱が高まる。トシの病状悪化のため帰郷した。その後、稗貫郡立稗貫農学校（後花巻農学校）の教諭になった。

一九二二（大正一一）年、二十六才。創作旺盛となる。心象スケッチの詩作を始める。十一月に妹トシ永眠。「永訣の朝」「無声慟哭」「風林」「白い鳥」「青森挽歌」などを書く。

一九二八（昭和三）年、三十二才。過労と栄養失調で発熱し、入院する。病名は「両側

肺浸潤」であった。暮に再び肺炎で入院することになる。

一九三一（昭和六）年、三十五才、東北砕石工場の嘱託技師となる。病身のまま、製品の宣伝などで東奔西走、東京で発熱病臥、両親に遺書を書く。

以降病床において、「雨ニモマケズ」を手帳に記す。『北守将軍と三人兄弟の医者』が『児童文学』に掲載される。

一九三二（昭和七）年、三十六才、病臥中であっても、肥料についての相談を受けて、指示を与える。『グスコーブドリの伝記』が児童文学に載った。

一九三三（昭和八）年、三十七才、九月十九日、容態が悪化し、急性肺炎を起こす。絶筆短歌二首を作る。そのからだで、農民の肥料相談に応じる。九月二十一日、自分で体を拭き清めてのち永眠。花巻町役場で、第一回宮沢賢治追悼公演会が催され、草野心平ほかの追悼を受ける。


賢治の家は、花巻では有数の資産家だったようである。父・政次郎は地元の名士であり、賢治も農業学校教師として水準を超えた給料を受け取っていた。このことから何不自由ない暮らしを、賢治はしていたことが判る。ただ、それだからと言って、賢治は物語上では、上等級の列車に乗って旅をするなどの事はない。『銀河鉄道の夜』も、大衆を意識した普通クラス、三等切符の列車であったことが想像される。ジョバンニもカンパネルラも、或いは賢治が、早逝した妹のトシを連れ、どこまでも三等切符の旅を頭に描いていたものと言えよう。

それが、「永訣の朝」のような詩につながったものと言えるのではなかろうか。

（『宮沢賢治「妹トシへの詩」鑑賞』暮尾　淳著・青娥書房）

そこで、兄賢治と、妹トシについての関係を知るために「永訣の朝」を書き出してみよう。兄の、妹に対する愛情の一端を把握することが出来るものと言える。

また、ハナ様の人となり、親族としての心の繋がりにも結び付くものと想像できる。

永訣の朝　（一九二二、一一、二七）

けふのうちに
とほくへいってしまふわたくしのいもうとよ
みぞれがふつておもてはへんにあかるいのだ
（あめゆじゆとてちてけんじや）

うすあかくいつそう陰惨《いんさん》な雲から
みぞれはびちよびちよふつてくる
　（あめゆじゆとてちてけんじや）
青い蓴菜《じゆんさい》のもやうのついた
これらふたつのかけた陶椀《とうわん》に
おまへがたべるあめゆきをとらうとして
わたくしはまがつたてつぱうだまのやうに
このくらいみぞれのなかに飛びだした
　（あめゆじゆとてちてけんじや）
蒼鉛《さうえん》いろの暗い雲から
みぞれはびちよびちよ沈んでくる
ああとし子
死ぬといふいまごろになつて
わたくしをいつしやうあかるくするために
こんなさつぱりした雪のひとわんを
おまへはわたくしにたのんだのだ

ありがたうわたくしのけなげないもうとよ
わたくしもまつすぐにすすんでいくから
（あめゆじゆとてちてけんじや）

はげしいはげしい熱やあへぎのあひだから
おまへはわたくしにたのんだのだ
銀河や太陽　気圏などとよばれたせかいの
そらからおちた雪のさいごのひとわんを……
……ふたきれのみかげせきざいに
みぞれはさびしくたまつてゐる
わたくしはそのうへにあぶなくたち
雪と水とのまつしろな二相系《にさうけい》をたもち
すきとほるつめたい雫にみちた
このつややかな松のえだから
わたくしのやさしいいもうとの
さいごのたべものをもらつていかう

わたしたちがいつしよにそだつてきたあひだ
みなれたちやわんのこの藍のもやうにも
もうけふおまへはわかれてしまふ
Ora Orade Shitori egumo

（注）二相系＝気体と液体、液体と固体の狭間にあって、そのどちらでもないさまを表す、賢治独特な表現だ。あれは雪でもないし、水でもない、その中間のありようであるといえる。これは賢治と妹トシ・二人の間を照らし出す効果的な装置だといえる。

ほんたうにけふおまへはわかれてしまふ
あああのとざされた病室の
くらいびやうぶやかやのなかに
優しくあをじろく燃えてゐる
わたくしのけなげないもうとよ
この雪はどこをえらばうにも
あんまりどこもまつしろなのだ
あんなおそろしい乱れたそらから

このうつくしい雪が来たのだ
(うまれでくるたて
こんどはこたにわりやのごとばかりで
くるしまなあよにうまれてくる)
おまへがたべるこのふたわんのゆきに
わたくしはいまこころからいのる
どうかこれが天上のアイスクリームになって
おまへとみんなとに聖い資糧をもたらすやうに
わたくしのすべてのさいはいをかけてねがふ

「永訣の朝」は、賢治とトシ兄妹のつながりで、臨終を迎える直前の妹の言葉に、賢治の心の葛藤と共に、妹への愛情がみられる。それは極めて純化された二人の、「生」の姿であり、「死」に対する慟哭と祈り・それを包む崇高さが感じられる。

繰り返し、妹トシの言葉として、賢治とトシ二人の、幼児時代の言葉を詩の中に溶け込ませている「あめゆじゆとてちてけんじや」についての意味を考えてみよう。

「あめゆじゅ」は雨と雪の事、即ち「みぞれ」をいう。「けんじゃ」は、「けろじゃ」がさらに訛ったものといわれ、「献じてよ」つまり「……してください」を意味するといわれている。現代標準語で言うと、「あめゆきを取って来て下さい」となる。また、「あめゆじゅ」を盛る器は、二つの欠けた陶椀（詩の十行目）である。「永訣」は「死に別かれ」を意味する。詩の中での「とし子」は戸籍上の本名「トシ」のことである。

岩手公園　宮沢賢治歌碑

宮沢賢治は、五人兄妹の長男である。トシ、シゲ、清六、クニの弟妹がいる。三人の妹と一人の弟であるが、すぐ下のトシ（とし子）の存在は、年齢が近い事もあって、賢治にとっては特別のものであった。

夜、八時三十分、トシはついに死んだ。賢治はトシの首を支え、胸をしっかりと抱いて、

『トシさん、トシさん、おどさんも、おがさんもいるよ。みんないるよ。トシさん、トシさん』と叫んだ。トシは眼をパッチリとあけて、みんなを見ているようであったが、言葉はもうなかった。賢治は押し入れをあけ、ふとんをかぶって慟哭した。みんなかたまりあって泣いた」。（『年譜宮

沢賢治伝』より）賢治の童話の一シーンにふれているような、情感が伝わってくる。

賢治は、あんなに暗くて恐ろしい空から、こんなに真っ白できれいな雪が降ってくるのが不思議だと感じていた。妹トシが死んだ後に行く世界が、或いは天上の世界かもしれないと思いながら、その天上を見上げて、その空のあまりにも恐ろしそうな様子が不安であった。ただその空から、白くて美しいものが降ってくるのである。それを見て、或いはこの不安は的外れではないのかと、半ば安堵する心も持ち合わせていたのであった。

しかし、賢治は妹トシが死後どんな世界に生まれ変わるのか、それが不安であった。そこには法華経に帰依した人間として、輪廻転生の観念が強く賢治の心に入り込んでいたからである。そのような賢治の不安に対して、トシは答えるのである。

「うまれでくるたて　今度はこたに
わりやのごとばかりで　くるしまなあよにうまれてくる」

このトシの言葉にいずれ生まれ変わった時には、一緒になれるかもしれないと、賢治は思ったとも理解できる。

ところで、この「永訣の朝」については、高校の教科書に取り込まれている場合が多くみられた。ただ、教科書には載っていても、関東以西の学校では、授業に取り上げないところが多いようにも思われた。当然、そこには言葉の壁（東北弁）というものがあるのかもしれないが、教師が宮沢賢治をどの程度研究し、理解しているかという問題も絡んでくる。宮沢賢治を、単に児童文学作家であるとか、童話作家であるなどが先入観となっていて、それだけで授業には取り上げず、通過してしまう事はないのであろうか。

この作者は、妹・トシの死を詩の中でどのように訴えているのか。賢治は生前の妹をどのように可愛がっていたか。

この詩に触れる読者にとって、親族を亡くした者の悲しみをどのように把握したらよいのかなど、様々な問題点が浮上してくる。

ただ、高校の指導教師は、生徒の大学受験などを考えた時、これを取り上げて長時間この問題に取り組んでしまってよいものか、不安にもなろう。使う教科書も偏差値の上・下によって、異なるわけであるから、初めから全く問題外として扱っていない教科書もある。

そのようなことは兎も角、宮沢賢治の詩についてもう一度振り返ってみよう。

賢治の妹の問題に戻るが、詩「宗谷挽歌」でも、妹トシについて、次のように詠っている。その一部だけを書き出してみよう。詩の中では矢張り「とし子」としている。

宗谷挽歌

こんな誰も居ない夜の甲板で
（あめさへ少し降ってゐるし、）
海峡を越えて行かうとしたら、（漆黒の闇の美しさ）。
私が波に落ち或いは空に擲《な》げられることがないだろうか。
それはないやうな因果連鎖になってゐる。
けれどももしとし子が夜過ぎて
どこからか私を呼んだなら
私はもちろん落ちて行く。
とし子が私を呼ぶということはない
呼ぶ必要のないとこに居る。
もしそれがさうでなかったら
（あんなひかる立派なひだのある　紫いろのうすものを着て
まっすぐにのぼって行ったのに）

もしそれがさうでなかったら
どうして私が一緒に行ってやらないだろう。
……以下略

トシを詠う場合には、右に示したように「とし子」として表現しているのである。

「けれどももし とし子が夜過ぎて……私を呼んだなら
私はもちろん 落ちて行く
とし子が私を呼ぶということはない
呼ぶ必要のないとこに居る」

＊　＊　＊　＊

〈『宮沢賢治　雨ニモマケズという祈り』重松清・澤口たまみ・小松健一。新潮社〉にもあるように、賢治は稗貫農学校（後に花巻農学校）に大正十年に教師として就職した。月給は八十円・教科は代数・化学・英語のほかに、専門科目で土壌・肥料・作物・気象・水田実習を受け持った。

隣接する花巻女学校には、音楽教師の藤原嘉藤治が九月に着任してきた。賢治の方から声をかけ、二人でともにクラシック・レコードを聴くなどもあり、意気投合した。二人はレコードコンサートを企画し、花巻女学校の音楽室を使った。そこには音楽を愛する二十人ほどが集まった。このようなことを企画する点については、野村胡堂と同じことを企画し、実行していることになる。ただ学校務めは三十才を目前にして依願退職してしまうのであった。

胡堂が描いた生家の土蔵

二―(3)　県人会での二人

県人会に出席するという事は、「ふるさとの訛懐かし…」でも判るように方言で話ができる、ほっと息の付ける素晴らしい場であり、ひと時である。これは地方出身者であれば、誰もが味わったことのある楽しい場である。そんなところで、橋本ハナ様は野村長一氏を見かけることになった。

「しばらくでございました」

橋本ハナ様は、同じ地元出身の野村長一（胡堂）氏に話しかけた。ハナ様は四月に日本女子大一年生になったばかりであった。胡堂もハナ様に対しては、一目惚れと言ってもいいほど、小さい頃から、おっとりして可愛いところが、何とも言えないほどに好きだったから、少し顔を赤らめながら、それに答えたのである。

「やあ！ 久しぶりだね。東京に出てきたんだね。学校は？ 女学校に行ってたんでしょう、どうなさったの、こちらでは、何しているの、どこに住んでいるの？」、と立て続けに質問を標準語に近い言葉で投げかけた。長一は、話を続けなければ、間が持たなかったといった方が適切なのかもしれない。


長一氏は自分が彦部村の田舎にいるときから、「好きだ、この子となら一生一緒に過ごしたい」と、子供心に考えていたその子が目の前にいる。それも連絡を取り合って、ここに来たわけでもないのに、目の前にその姿を見ることができるのである。

ハナ様が女学校三年生になる時、転校して東京の日本女子大学付属女学校に移ってきたことを、この時になって、長一は直にハナの口から聞いたのである。勿論、その一年程前（明治三六年）には、キリスト教メソジスト教会で洗礼をうける等で、家族は娘ハナの行動に大変驚いた。それだけでなく、女学校の友人間でも入信が変に話題にされるなどの事が多くなり、教師間でもハナ様について、話題にすることが重なった。

彼女は小学校から大変な秀才であったことはすでに触れた。明治三十四年に、創立間もない県立（盛岡高等）女学校に入学したが、その女学校でも席次一番、創立以来の秀才と言われた。才媛であってなお謙虚な人柄であるから、誰からも愛されていた。そのような一女学生が、周りからひそひそ話をされることは耐えられなかったし、教える教師ばかりでなく、家族も困ったものと思うようになっていた。そのような時、野村長一さんが東京にいることもあって、自分も東京へ行こうと決め、父母に東京行きをお願いした訳である。

「それにしても、よく許しが出ましたね」と長一は、少し口ごもりながら言った。

「ハイ。どうしても先生になりたい、そうお願いをして、やっと許しを頂きました」

田舎にいた頃、長一（胡堂）は、土蔵の二階の小窓から、向こうに見える橋本家を眺めていた頃の自分をふと思い出した。そのそばに見える雑木林についても思い出していた。

二〜(4)　雑木林に咲く可憐なカタクリの花

カタクリ・片栗は万葉の時代から、カタカゴ・堅香子と呼ばれ歌に詠まれている。大伴家持が越中の国司として、現富山県に赴任した際の短歌を一首載せてみよう。

もののふの八十乙女《やそおとめ》らが汲みまがふ寺井の上の堅香子《かたかご》の花　大伴家持（万葉・巻⑲四一四三）

歌意（多くの乙女たちが水を汲む、寺の水くみ場のほとりに咲くカタクリの花よ）

このように万葉時代から歌材に取り上げられてきた堅香子は群生する花として、八十乙女らとも重なるのである。直向《ひたむ》きに大勢の女性が、質素に一つの仕事に没頭する姿を、群生する堅香子《カタカゴ》として表現したものであろう。薄紫色とも桃色がかったともみえる花を、それぞれの茎の先端に、ひとつずつ、それもこの花の特徴で、下向きに咲いている様子を歌ったものといえる。その咲く姿は、八十乙女らが、自身の恰好などには、全くかまうことなく直向きに仕事をする、その姿と重なるのである。群生するカタクリと、寺の水汲み場での、女性たちの仕事ぶりが、群れ咲く様子に重なって、共通の美をみつけたのが、大伴家持であり、それが歌となって表出されたものであろう。
ところで胡堂はカタクリの花をどのように捉えているのであろうか。

あの森の蔭に家ありき　乙女ありき
山吹ありき　五十幾の昔

カタクリの花は、小高い丘の雑木林の中に、うす紫の花びらを、愛らしくもつつましくも周りだけを照らし開いている。野村長一の考えるカタクリは、橋本ハナその人でもあった。

ふるさとの春日の丘にかたくりの
群れ咲くころのなつかしきかな
あらえびす
（岩手県 紫波町 碑）

みちのくの春は遅い。未だ残っている氷柱をサクサク言わせながら、家の後ろにある雑木林を歩くと、自分を歓迎してくれるカタクリに遇える。雪解けの後の、落葉松林で真っすぐ葉と茎をのばしている新芽である。

ハナ様は、カタクリが、私もよろしくと言わんばかりに、伸び始めた細く長い糸のような葉と茎を見に来たのである。発芽一年目の細い糸状の葉は、どの辺りにどの位あるのか。発芽から開花まで七～八年要する訳であるから、それをじっと待つ楽しみも増える。そのようなことを考えながら、落葉松林を散策するのであった。

一両日前から日差しが強くなり、水が温み、春へのお膳立てが整いつつある昨日今日であるが、そのような時、まず気になるのが、毎年、林の中にむれ咲くカタクリの花群である。ただ、ハナ様にとっては、あと一ケ月程すると、この地を離れなければならない。故にお別れまでに何度でも見ておきたいという意味合いもある。だから開花はまだ先でも、葉や茎だけがスーッと伸びた状態でも、一つひとつを確認しておきたいと思うのであった。

ハナが東京に住むという事になると、それなりの出費がかかる。どうしたものかと父親は考えた。江戸時代であれば、南部藩、侍大将の家柄である。どうにでもなろう。しかし、時は明治である。江戸時代に侍大将であったとはいえ、家には特に蓄えがあるわけでもなく、江戸時代からの小作農家と同じように、食べていくだけが精いっぱいの状態で、娘を東京の学校へ通わせる等は、常識的にみて以《もっ》ての外《ほか》と考えられていた。

母は早く亡くなっており、ハナ様は祖母に大切に育て上げられていた。

そこで父親は学校へ相談に行った。秀才であるハナ様について、学校では日本女子大付属女学校へ問い合わせてくれた。暫くして返事の書簡が来た。新渡戸仙岳校長の配慮と積極的な働きかけが、日本女子大付属女学校を動かしたのであった。

「大変に成績優秀なお子さんのようですね。当校に是非預からせて下さい。住む場所も、もし良い場所が見つからないようであれば、こちらで見つけて差し上げてもよろしゅうございます」という内容の書簡が送られて来た。

そこでハナ様は、県立盛岡高等女学校二年生の終了を待って、東京行きとなったのである。

そして日本女子大付属女学校の三学年に編入したのであった。

三、平次の女房お静はハナ様そのもの

『銭形平次捕り物控』の平次の女房・お静が言葉の使い方において、ハナ様そのものであるという事について述べてみたいと思っている。そのために、お静の言葉が使われた前後の、物語の筋そのものを数篇ほど載せてみようと思う。敢えて、長々解説をすることは避けるが、まず、捕物控の本文に触れてみよう。

三〜(1)「名馬罪あり」のところで、次の場面がみられる

平次は子分のガラッ八の八五郎と碁に打ち興じています。

「おっと、待った」

「親分、そいつはいけねえ。先刻待ったなしで行こうぜ！　と言ったのは、親分の方じゃありませんか」

「言ったよ、待ったなしと言ったに違いないが、そこを切られちゃ、この大石が皆んな死ぬじゃないか。親分子分の間柄だ、そんな因業なことを言わずに、ちょいとこの石を待ってくれ」

「驚いたなァ、どうも。捕り物にかけちゃ、江戸開府以来の名人といわれた親分だが、碁を打たしちゃ、からだらしがないぜ」

御用聞き・銭形の平次は、八五郎相手に碁を打っています。秋の陽ざしの淡い縁側、軒の糸瓜の、奇怪な影法師が揺れる下で、縁台碁を打っているが、碁盤といっても菓子折の底へ足をつけたほどの物、それにかき餅のような心細い石だから、一石打つ度に、ポコリポコリと、間の抜けた音がするという代物、気のいい女房のお静も、小半日この音を聞かされて、縫物をしながら、すっかり気を腐らしております。

「だらしがないは口が過ぎるぞ、ガラッ八め、手前などは、だらしのあるのは碁だけだろう」平次も少しムッとしました。

「それじゃ、この石を待ってやる代り、何か賭けましょう」

「馬鹿ツ、汚い事を言うな。俺は賭事が大嫌いだ」

「金でなきゃアいいでしょう。竹篦《しっぺい》とか、餅菓子とかー」

八五郎らしい。竹篦と食べ物の餅菓子を一緒にして論うなどは、作者・胡堂も八五郎の頭の程度を、こんな所でもはっきり言い表しているのである。平次の言葉をかりて言っているように、ガラッ八は、鼻は良いかもしれないが、賢いという範疇の人々からは全く見放された人物なのである。

「よしッ、それ程言うなら、この一番に負けたら、今日一日、お前が親分で俺が子分だ。どんな事を云いつけられても、文句を言わない事にしたらどうだ」

「そいつは面白いや、あっしが負けたら、打つなり蹴飛ばすなり、どうともしておくんなさい。どうせ親分なんかに負けっこがないんだから」と。

「言ったね、さア来い」

二人のやり取りを見兼ねて、お静は次のように声をかける。

「まア、お前さん、そんな約束をなさって」


お静にとっては、そう言って忠告すること丈が、精いっぱいであった。夫・平次の仕事柄、することには決して口を出さない。どんなことでも夫のやることを静かに見守ることが、自分の務めと考えていたお静であったから、夫・平次に対する妻の唯一の忠告でもあった。言葉の使い方「まァ、お前さん」という表現は、作者が考えた物語の中の言い回しであろうが、そのあとの「そんな約束をなさって」というのは、ハナ様の言葉である。相手を直接「駄目」と否定するのでなく、再考を促す表現なのである。そのようにして、端から主人の言動を見守っているのが、お静・ハナ様の日々の姿なのである。

しかし平次は、

「放っておけ、この野郎、一度うんと取っ締めなきゃア癖になる」

と言って受け付けない。

暇な一日、笊碁《ざるご》を打って――褌《ふんどし》を嫌いな男碁は強し……てな川柳点にある通り、碁の強いのは、半間なやろうに限ったものさ」などと、言いながら暇つぶしをしているところへ、鈴を鳴らすような美しい声が玄関でした。（半間＝間が抜けていること）

「御免下さいまし、平次親分のお宅はこちらでいらっしゃいますか」

お静に案内されて来たのは、十八九の武家風の娘。大場石見《いわみ》の用人・相沢半之丞の娘が平次を訪ねてきたのでした。立ち居振舞いは立派ではあるが、すっかり怯えている様子であった。事情を聴くと、父・相沢半之丞は、大場石見様の用人で牛込見付外に住んでいるとのこと、若年寄から、東照宮のお墨付き文箱（大場家の家宝）を大場家へ返還されるとの事で、用人相沢半之丞が代理で受け取りに行った。陪臣《またもの》が駕籠に載るわけにもいかず、徒歩というわけにもいかず、和田倉門外の評定所で受け取り、大場様が差し向けてくれた馬『東雲』に乗っての帰り道で、事件が起こった。馬が暴れた折に、東照宮様から預かった文箱がすり替えられていたからである。それで、父親の半之丞は切腹しようとしている。主人の大場家も紛失が明らかになれば、お家はお取り潰しという事になる。そのようなことから平次に相談に来たというのであった。
平次の見事な事件解決で、供の八五郎ともに月明りのもと、ホロ酔い加減で神田へと歩みを進めていた。家では美しいお静が寝もやらずに待っていた。

平次は馬丁《べっとう》・黒助の陰謀を見事に解決し、東照宮様からの文箱の取戻しは解決したが、ここには房州の百姓どもに対する大場石見の、容赦ない長年の年貢の取り立てがあり、何とか黒助（九郎助）と妹のお組で、大場石見に一矢報いることを目論んでの計画であったことが明らかになった。大場石見は隠居し、その後行方不明になってしまったという。

さて、ここで問題にするのは、お静の『銭形平次捕り物控』「名馬罪あり」の中での、先にも取り上げた妻の控えめな一言である。
「まあ、お前さん、そんな約束をなさって」という僅かな一句である。当然、夫の仕事柄、妻が口を挟むのはご法度。それはお静も、充分弁《わきま》えているのではあるが、その一言の果たす効果を作者の胡堂は、どう読物の中で反映させているかを考えてみようと思う。

物語の中では、平次と八五郎が碁を打っている。八五郎は「何か賭けよう」とも言い出している。お静は夫・平次が、いつもは殆ど触ったこともない手作りの碁盤に、血眼のようになって、八五郎を相手にしていることに、「困った人ねえ」と思っているのである。それだけであればどうという事もないが……、賭けの対象に、親分の地位を一日だけではあっても賭けようというものである。

これには、端で聞いている妻お静も黙っていられない。そこで一言発した訳である。夫に冷静さを取り戻してほしいための一句は、平次の、次の言葉でもわかる。「ほっておけ。この野郎、一度うんと取っ締めなきゃア、癖になる」と言う言葉を発せさせることによって、平次が少し、冷静さを取り戻すための時間を作り出せた訳で、今の置かれた状況を、少し離れた位置から達観視させることに繋がっているものといえる。当然、お静さんは各場面で、夫を達観視させようなどと考えていたわけではないが、感覚的に当然あるべき仕事上の人間関係（岡っ引き平次と八五郎）であり、良い夫婦関係での家庭生活を保つことだけを考えていた事の結果であるともいえる。

三、平次の女房お静はハナ様そのもの

日々の生活の中でお静は、よくこのような言葉を夫・平次に投げかけることがあった。それは何事にも、一つの事に忠実であり、純粋で、一本気な夫の性格を妻であるお静は、充分

に知った上で、コントロールする必要があったからだとも言える。

ちょうど、このようなことでは、ハナ様が胡堂氏に対して若いころから、明日の食事にも困るような時に、レコードなどを買いあさってきても、決してそれを顔に出すことをしない。それどころか、「どんな素晴らしい曲が聞けるのか、楽しみですわ」と一言付け加える人間性の奥深さをもっていたことにも結び付く。

三〜(2) 平次女難

銭形の平次が、子分ガラッ八を伴れて両国橋にかかったのは亥刻（十時）過ぎ。薄寒いので、九月十三夜の月が中天に懸るとき、身投げ女を見て平次は、何の躊躇もなくパッと冷たそうな川へ飛び込んだ。身投げ女を月見船の船頭とともに舷《ふなべり》に引き上げた。

女は平次の見覚えのあるお楽であった。お楽の兄・香三郎が平次の縄に掛って伝馬町に送られたことから、町内の者たちは疫病神のようにお楽を扱い、町内から追い出してしまっていたのである。

三、平次の女房お静はハナ様そのもの

平次がお楽を連れて家へ帰ると、女房のお静は悪い顔をするどころか、自分の親身の姉が、久しぶりで里に帰ったように、何の隔てもなく受け容れてくれた。

この辺り、「自分の親身の姉が、里帰りしたように何の隔てもなく…。」にも作者は、短い言葉でお静の優しい性格を描いているのである。否、妻であるハナ様そのものを描いていたようにも受け取れる。

しかし、町では以前、評判になっていた平次を取り合い、お静に敗れたお町などは、お楽の事を八五郎に次のように言うのであった。

「近所にあんなのがいちゃ癪にさわるねぇ。お静さんもお静さんじゃないか、なんだってまた黙って眺めているんだろう」

「そこがお静さんのいい所さ。お前とは少しばかり出来あいが違う」

「何だとえ、もう一度言って御覧」

「何遍でもいうよ、お静さんのあのポーッとしたところを親分が気に入ったんだ、そういっちゃ済まねえが、お町のようにピンシャンしてちゃ、親分の気に入るわけはねえ」

「畜生ッ、なんとでも言うがいい。……ところであのお楽とかいう女は、どうだい」

と、お楽の事を根ほり葉ほり聞きたがっている。

八は次のように言った。

「あのお楽と来た日には大変さ。ただもうネットリして、膠で練って、鳥黐でこねて、味噌で味をつけたようだよ」

「嫌だねえ、万一お静さんから親分を横奪りするようなことがあったら、このお町さんが生かしちゃおかないって、そう言っておくれ」

「少し物騒だね」と、八五郎。

「何が物騒さ、あんな女に町内を荒らされる方がよっぽど物騒じゃないか」

四、五日は無事に過ぎました。お静は相変わらずまめに立ち働いて、何の影もないように暮らしておりますが、気を付けてみると、呆然《ぼんやり》して溜息を吐くといったような様子が、ちょいちょい平次にも見られるようになってきました。そして、平次の質問にお静は訴えるのでした。
「私、こんな事は言うまいと思ったけれど、気味が悪くて、どうしても我慢がならない。お願いだからお金か何かやってお楽さんを外へ預けてくださいません？」といって、色々なことを話し出した。

「昨夜裏の井戸で水を汲んでいると、いきなり私の足をさらったものがあるじゃありませんか。井桁につかまって、井戸へ落ちるのだけは助かりましたが、気が付いてみると、水をくむとき立つ場所に縄で罠を仕掛けておいて、梁を通して、縄の端を向こうから引くようにしてあったのです。誰が引いたか解らないと言えばそれまでですが、この辺に私を殺す気の人がいるには違いありません」

「それから今朝は物置に入っていると、外から戸を閉めて、輪鍵をかけて心張《しんばり》をしたうえ、炭俵へ火を点けた者がいます。幸い気が付いて戸を押し倒して飛び出し、炭俵の火が軒へ移りかけたのを、天水桶から水を汲みだして消しましたが、この様子だと、これからもどんなことをされるか解りません。

「お町さんに聞くと二、三日前にもお楽さんは、わざわざ両国の薬屋まで行って、何か買っているから、そっと後からついて行ってみると、石見銀山の鼠取り薬だったそうです。どこで何時使うか解らないから用心するがいい。狙われているのは鼠じゃなかろうと、お町さんはそう言ってくれました」

お静を殺そうと計画したお楽と同じ屋根の下にいることについて、泣いて嫌がるお静を、平次の機転で母親の許に移し、怪しいと睨んだ笹屋の源助を調べだした。この源助は三人組大泥棒の首領房吉であることが判った。また、お楽は房州生まれの河童で、水で死ぬような女ではなく、首領房吉の女房であることも分かった。平次の人柄に魅せられたお楽は、逃げている房吉と三平の事を、平次に打ち明けようとしていたが、銭湯へ行っての帰り道、亭主房吉（笹屋の源助）に殺害されてしまうのであった。

ところが、三輪の万七はその下手人はお静だと言い張ったのである。平次は朝出たきり未だに帰ってこない。八五郎ひとり悪戦苦闘「お静さんを調べるなんて、俺が不承知だ」。色々小競り合いをしていると、お品の機転で吟味与力筆頭笹野新三郎が助けに来てくれた。平次もその後帰って来て、お静やお町の疑いを見事に晴らすことになる。

三人組大泥棒の首領・人殺しで、平次の人間性にほれ込んだ自分の女房・お楽も、殺した房吉と、逃げたはずの三平も捕縛するという事で幕となるのであった。

この話は、若いお静の純粋さ・優しさそのものを描いているように思える。久ぶりに里に帰った姉を親身に世話をするお静とは対照的に、お楽は機会があれば、お静を殺害して、自分が平次の正妻に入り込もうとするのである。そこであの手この手、次から次へと殺害計画を実行するのである。井戸に罠を仕掛けてみたり、お静が物置に入っていると、外から輪鍵をかけ心張りをして火をつける。気づいたお静は、炭火が燃え軒に移りかけたのを、天水桶から水を汲みだし火を消したが、これから何されるかわからないと怖がるのである。また、お楽は石見銀山迄も買いに行ったことを、お町さんから聞いて何とかしてほしいと泣いて訴えたのであった。

三〜(3)　身投げする女

「何だと…八」と平次。

「金はお徳が殺される前……その晩の宵のうちに叔母のところへ返されたんですぜ。親分、これは一体、どういうわけでしょう」

ガラッ八の疑いは平次の疑いでした。

「待ってくれ、……最初金が亡くなって、俺のところへ来たのはお秋だ、……その後でドブ板の下からお徳の隠した金を見付けたのかな、……すると、お徳を殺したのは誰だ」。二人は顔を見合わせました。が、驚きはそれに止まりません。

「ちょいと、……お話中ですが、今こんな物を、お勝手へ放り込んで行った人が有りますよ。すぐ追っかけましたが、姿は見えません」

お静が差し出したのは、袱紗《ふくさ》に包んだ、持重りのする品。解く手も遅しと、引っくり返すと、中から出たのは、五、六十枚の小判と、二、三枚の手紙ではありませんか。

「何だ、何だ」

手紙の文句はしどろもどろで、文字はみだれがちですが、判読すると、

お徳さんは私をおどかして、あのいやな仕事を続けさせました。三百両になったら、それを三つに分けて止す筈でしたが、どうしても許してくれません。私はせめて自分の取り前の百両だけでも、ご迷惑をおかけした方へ返して上げようと思いましたが、お徳さんはいざという時になって、三百両みんな隠してしまったのです。平次親分にお願いしたのは、そのお金を見付けて頂いて、足を洗いたかったからですが、お徳さんはそれを察して、どこまでもこの仕事をつづけろと、いろいろ脅かしました。いやだと言い張ったら、私は殺されたかもしれません。

そのうち三百両の金は裏のドブ板の下に隠してあることが解ったので、お徳さんが酔って寝込んだのを幸い、そっと取出し、鳥越様の石垣の穴に隠して、その晩か

ら迷惑をかけた方へ返し始めました。柳原の八五郎親分の叔母さんへは、一番先にお返し申しました。

五、六軒歩いて夜半に帰って来ると、私は何も知らずに寝込んでしまいました。その後、暁方になってお徳さんが外へ出て、ドブ板の下を調べて、金のなくなったのに驚いているところを後ろから刺されたのでしょう。私の取り出した金は二百八十二両ですから、まだ少し残っていた筈です。私はこのお金をみんな返してしまうまでは、縛られても、殺されてもいけないと思いました。その上、親方（丑松）はいやな事ばかり言うので、とうとう家出をして、三日の間に、知っているだけはみんな返しました。あとに残ったのは五十三両、これは旅人から頂いたので、お家も、お名前も判らない口です。どうぞ、困っている人達にでも上げて下さい。

私はもう、するだけの事はしてしまいました。

恥ずかしい身体を、皆様のお目に曝すのは我慢できません。今度こそは本当に身を投げて死んでしまいます。

いろいろ御恩になりました。草葉の陰から、末永く御礼を申し上げます。あき

平次親分さま

八五郎親分さま

と読むことが出来た。

お静が差し出したものは、五～六十枚の小判の入った袱紗であったから、平次も驚いた。一体、誰がこのようなことをしたものか。


お静の驚いたのは無理ないことであった。投げ込んだ人は分からなくとも、「あき」という名前があり、「平次様・八五郎様」宛になっていることからすると、投げ込んだのは「あき」であることが想像される。

平次の女房お静が驚いた五、六十枚の小判という事になると、お勝手に放り込むと、ズサッという凄い音がしたと思うので、先ずその大きな音にお静は驚いたであろうと思われる。それで中身は確認することなく、誰が放り込んだのであろうかと、意識はその人を確かめる方へ向いた。そこで外に出て左右少し走ってみたが、それらしい人影はなく、家へ戻って平次への報告となったのであろう。

「ちょいと……、お話中ですが、今こんなものをお勝手へ放り込んで行った人が有りますよ。すぐ追っかけましたが、姿は見えません」

家に投げ込んだ人を先ず確かめようとして、すぐ飛び出すあたりの年齢設定は、未だ、二十代にはならない、十代後半であることも想像される。もう少し年齢が過ぎてくると、先ず中身を確かめることに思考が働くと思うが、その点でも作者の年齢設定と行動の基準が解るところでもある。作者はお静の年齢を、いつも若く設定し、それをいつまでも保ちたいと考えたのであろう。

また、投げ込んだ人を確かめようと、すぐ飛び出す対応は、十手持ちの若い女房としての、意気込みすらも目に見えるようである。

三―(4)『刑場の花嫁』より

殺害されたのは、新堀の廻船問屋、三文字屋の久兵衛さんだという。

「たくらみ抜いた殺しで、恐ろしく気の長い奴の仕業ですぜ、親分」と、新堀の鳶頭《かしら》。

「だからちょいと訊いてください。そう言っちゃ済まねえが、富島町の島吉親分じゃ、こね返しているばかりで、いつまで経っても埒が明かねぇ。あんまり歯痒いから、あっしは深川の尾張屋の親分を呼んで来て、陽のあるうちに下手人を縛って貰おうと思って、飛んできたんだが、橋の上で銭形の平次親分と鉢合わせするなんざ、八幡様のお引き合わせみてえなもので……」

「八幡様が迷惑なさるから、そんな馬鹿なことは言わないことにしてくれ。外ならぬ島吉《しまきち》兄哥《あにい》が困っているなら、ちょいと手伝ってやってもいい。案内してくれるかい。鳶頭《かしら》」

平次は思いの外、気軽に引き受けました。滅多に人の縄張りに足を踏み込んで、仲間の岡っ引に恥をかかせるようなことのしない平次ですが、富島町の島吉は先代から懇意で、別けても先代の島吉に、平次は親身も及ばぬ世話になっております。その伜の島吉……まだ十手捕縛をお上から許されたばかりの若い御用聞が、いきなり厄介な事件に直面して面食らっていると聴いては、ジッとしてもいられません。まして、川を越して深川の尾張屋が乗り出すようなことになると、島吉の顔は丸潰れでしょう。平次が気軽に乗り出したのも無理のないことだったのです。

平次の見方でいうと、下手人は小三郎・幾松・番頭の市助の中にいるということになる。

がらっ八の八五郎がいつもの調子とは違って、ひどく沈んだ顔をもって来ました。

「親分大変なことがありましたよ」

「何が大変なんだ。どぶ板を蹴返さないと、大変らしい心持にならないぜ」

三、平次の女房お静はハナ様そのもの

「ね、親分。あの三文字屋の娘……お美乃とか言うのが、南の御奉行所へ駆け込み訴えをやりましたぜ」

「何…」平次も何か駭然《がいぜん》とした心持です。

「気の毒なことに、門前で食い止められて、泣く泣く帰ったそうですが、いずれ明後日は処刑になる小三郎の、助命願いでしょうが……」

「親殺しのお主殺しだ。あの小三郎だけは助けようはないよ。駆け込み訴えもモノによりけりだ」

平次はそう言いきって、心の底から淋しさを感じておりました。島吉に縛られたにしても小三郎を磔刑柱《はりつけばしら》に上げるまでに運んだのは、何といっても平次のせいだったに違いありません。

「でも、思いつめて死ぬようなことはないでしょうね。可愛らしい娘だったが」

八五郎までもが妙に萎れているのは、お美乃の可愛らしさのせいだったかもわかりません。

そこへお静の声がした。

「お前さん」

「何だい」

「お前さん、ちょいと」

女房のお静が、敷居際から妙に声を顫《ふる》わせております。

「何だい、そんなとこに突っ立って……借金取りでも来たのかい」

「お嬢さんが、お勝手で、泣いていらっしゃるんですよ」

そう言うお静も、すっかり泣き濡れて、極り悪そうに、顔を背けながら話すのです。

「お嬢さんが…」

平次はお勝手を覗くと、薄暗い行灯の下、上がり框《かまち》に近く崩折たまま泣いているのは、花束を叩き付けたような、痛々しい姿の若い娘。

「お美乃さんじゃないか」

平次は不思議な空気の圧迫を感じながら板の間に踞《しゃが》みました。南の奉行所を追われたお美乃は、最後の頼みの銭形平次を訪ねて、お勝手口から肩身狭く入ったのでしょう。

「親分さん、…小三郎さんを助けてやってください。お願い…」半分は嗚咽に呑まれながら、お美乃は辛くも心持だけを言って、子供のように泣くのです。

「そいつは無理だ。今しがた俺が言ったことを、ここで聞いていたんだろうが、親殺しや主殺しは、御奉行様でも助けようはない。それればかりは諦めたほうがいいぜ」

「違います。親分さん。小三郎さんは、決して父さんを殺しません、……下手人は外にあるんです」

「お美乃さんがそう思うのは無理もないが、小三郎が縛られるには、縛られるだけの訳があったんだ。……証拠は山ほどある上に、あの日島吉兄哥《あにい》が隠居所へ引き返して行くと小三郎は一足違いで逃げ出したというじゃないか。幸い翌る日捕まったからいいようなものの、そうでもなきゃ、島吉兄哥はとんだしくじりをするところさ」

平次は諄々《じゅんじゅん》として説き聞かせました。しかし、お美乃は涙に浸りながらも、頑固に頭を振って、平次の言葉を享け容れようともしません。

「親分さん、どんな証拠があっても、小三郎さんは、本当の親を殺す筈はありません」

「何…、真実《ほんとう》の親…」

「え、小三郎さんは、父さんの……。三文字屋久兵衛の血を分けた本当の子だったんです。私こそ反って義理のある娘だったんです」

お美乃のことばは、平次にとっても驚きです。

小三郎が当五日夜に出向いた先が明かされ、それを知っているものの犯行ということになる。平次はその段階で、凡その犯人を絞り上げたのであるが、小三郎は親殺しの罪で処刑されることになり、鈴ヶ森の処刑場に連れて来られた。

そんな状況で、美乃が進み出て、処刑前に、祝言をさせてほしいと訴えるのであった。小役人たちの二、三本の六尺棒が白無垢を抑えたのである。

一方、平次と八五郎は漸くの事で船頭の浪五郎を見つけ、鈴ヶ森まで走りに走って、処刑に待ったをかけ、ご赦免状を示すことに成功した。

幾松はその日の内に主殺しの下手人として、島吉に縛られた。島吉兄哥は平次親分のおかげで、大手柄を立てることが出来た事を、喜んでいたという筋書きである。

ところで、この物語を振り返るとき、お静のちょっとした一言が、重要な場面転換を果たす役割を担っていることがわかる。

「お前さん」

「何だい」

「お前さん、ちょいと」

女房のお静が、敷居際から妙に声を顫わせております。

「何だいそんなとこに突っ立って……」

「お嬢さんが、お勝手で、泣いていらっしゃるんですよ」

と、お静もやっぱり泣きながら、平次に訴えるのであった。

作者は、ここで、物語の転換をはかることを意図して、読者の目をその方向に向けさせようというのである。そこには、お静の一言が大きな役割を果たすことになる。但し、お静はいつものように、犯人は誰だろうとか、この人は違うだろうなどの思い付きは、決して言わない。ただ、再考を促すような仕草・態度で、夫・平次に動いてもらおうというのである。

物語の中で、平次はお美乃の本心を確かめるべく、次の質問をする。

「……お前さんが本当に、小三郎は無実と思うなら…」

「それはもう親分さん」

「えぇ、若い娘がそれだけ信用するなら、大抵間違いはあるまい。儲けずくでないから、お前さんの心は鏡のようなものだ」

「ところでお美乃さん」

「ハ、ハイ」

「お前さんは、小三郎をどんなことをしても救いたいというのだね」

「えぇ、どんなことをしても、どんなことがあっても」

「命を捨てても…」

三、平次の女房お静はハナ様そのもの

「命を捨てても」

「万人の前に恥をさらしても」

「え、万人の前に恥をさらしても」

お美乃の、平次の問いかけに対して、真摯な態度での復誦する様子に、平次も「よし、この娘のためなら」という気持ちになったのであった。


平次と八五郎は、お美乃のいう船頭「浪五郎」を見つけるのに奔走した。ちょうどその時、三縁山の昼の鐘が鳴り治まった時であった。白髪頭の頑固そうな老人・浪五郎を見つけた。事情を話し、三文字屋の小三郎が、親殺しの罪で今日、磔刑《はりつけ》になるのを何とか防ごうと、三人は刑場に急いだ。


一方、美乃は鈴ヶ森の刑場で次のように訴えた。

「小三郎の許嫁《いいなずけ》、美乃と申すものでございます。親の遺言を果たすため、処刑前に、祝言をさせてくださいませ。お願いでございます」

と言って、白無垢の花嫁姿を見せるのであった。

一生懸命さが言わせる処女の雄弁に押しまくられて、役人小者は顔を見合わせるばかり、暫くは、日ごろ用い慣れた権力を用いることさえも忘れるというありさまであった。

小役人が力ずくで退かせようとすると、お美乃は帯の間から用意の懐剣を取り出すと、キラリと抜いて、我とわが胸に切っ尖をあてるのでした。一本の指でも加えたら、そのままズブリと突き刺して、白無垢を紅に染めるでしょう。竹矢来を取り巻く見物は、高潮する劇的なシーンに酔って、時々ドッ、ドッと鬨《とき》の声を上げます。

そんな時、大波に揺れる群衆のなかへ、真一文字に飛び込んできたのが、平次たちだった。

「待った。……その処刑《おしおき》待った」

「ご赦免状だぞッ」

幾松はその日のうちに主殺しの下手人として、島吉に縛られた。

というのが、この物語の顛末である。

ところでお美乃を花嫁姿で鈴ヶ森へやったのは、親分の指図でしょう?

という問いに平次は、

「とんでもない。岡っ引がそんなことをしていいか悪いか考えてみろ」と言い切った。

平次の言葉には含蓄があります。

三、平次の女房お静はハナ様そのもの

「でも、島吉兄哥は親分のお陰で大手柄でしたよ。喜んでいましたぜ」

「とんでもない、もう少しで取り返しのつかない大しくじりをやらかす所よ。……岡っ引は本当に怖い。自分の腕や知恵に便り過ぎると、大変なことになる」

平次はそんな気になっているのだった。

四、野村胡堂とソニー・井深氏の繋がり

四～(1)　ソニー株売却と母校「日本女子大」への寄付について

野村財団を設立して、苦学生に対する援助をしていくことについては、主・胡堂先生が存命中に決めていたことであり、一億円を投入するという事であった。当時のソニー株を売却して一億円を調達するのである。胡堂先生が亡くなられ、三十万株所有の三分の一程を売却して不足分は、株券・債券などを物納するという方法で行われた。

同様にハナ様は母校・日本女子大学に対し、五千万円を寄付しようと考えておられた。母校・日本女子大学への寄付については、自分が岩手の田舎から東京へ出てきたことについて当時、精神的にも体力的にも、十代半ばの不安定な自分を、色々支えてくれた付属女学校と当時の先生方に、一方ならぬ恩義を感じ続けてきたからであった。また、女子大は自分が生活に困った折、教師の口を与えてくれた恩義もある。

話を伺い、本当に素晴らしいことと私は感じたのではあるが、その資金は、ソニー株を売却して調達しようというものであった。ハナ様は、私に「取り敢えずソニー株を、十万株預けるから、なるべく早いうちに売却してください」と提案された。でもその時は、ソニーが最安値二百五十一円を付けた直後であって、「売るべき時期ではありません。もう少し高くなるまで待ちましょう」と話した。

しかしハナ様は、ご主人が八十歳で亡くなられたこともあったのであろうが、胡堂先生が亡くなられて三年以上も経ていることから、自分が元気で外に出られるうちに、(母校へも行けるうちに)、或いは自分の寿命がそれほど長くないことを、察知して居られたのか、「いいえ早く売却してください」と繰り返して念を押された。

はじめに野村家を訪問した時は、ソニー株が七百円台であったから、十万株だとそれ丈で七千万円は確保できる。でも、今は十万株で二千五～六百万円強にしかならない。だから私は一株あたり二十円でも三十円でも高く売却できればよいと考えたのである。

故に十日程待って、十万株を二百七十円台で売却した。それと不足分に充当することで、NI証券とYA証券の投資信託も損かって、売りに行ったことを覚えている。NI証券の場合は東京駅前八重洲口にある支店であったことをはっきり記憶しているが、二社合わせての売却代金は、千二百万円ほどになった。それでもあと壱千万円以上は不足していた。それについては、ハナ様ご自身の預金、またはご主人の相続での処理済みになっている残りの株式の中から、その不足分を調達されたことであったので、敢えて聞くことはしなかった。

ご主人所有の株式を売却して野村財団を作った時、一部に物納という手法も、取っておられた。その直後であったならば、株価はまだそれほど下落していなかったから、ソニー株の十万株売却で五千万円の調達は、十分できた筈であった。しかし、時期を外すと株式は思うようにいかないことのあることも、その時痛感させられたのである。

野村夫妻が昭和三十七年当時、既にソニーの個人大株主の一人であったことについては、創設者・井深大さんとの繋がりについて見ていかなくてはならないであろう。

四〜(2)　『銭形』の親分はソニーの「救世主」

戦後すぐに、ソニー前身の東京通信工業という会社を創設した井深大・盛田昭夫の両氏が社屋移転と増資を目的としての投資をお願いするために、野村家を訪問した。その前に早逝した息子の一彦氏と、井深大氏との友人としてのつながりがあったことも忘れてはならない。そこにもう一人、前田陽一（父前田多門は文相）氏で、パスカルの研究者・東大教授がおられた。ただ、この辺のことについては、ハナ様からは、詳細を聞くことができなかった。（というよりも、私の勉強不足で当を得た質問ができなかったことが原因であろうと思われる。）

マサルさん、マサルさんと呼んで、井深氏を甥子のように、親しみ深く呼んでいたハナ様であったが、早くに亡くなった我が子を思いだすことも多かったであろう。

戦後すぐの事である。会社を設立して間もない頃の井深さんが、盛田さんとともに、社員の給料を払うために、借金することを決意し、野村家を訪れたが、なかなかそれを口にすることができなくていると、ハナ様はそれを感じ取り、井深氏を部屋の外に呼び出し、「マサルさん、はっきり伯父さんにそうおっしゃい」と言って、借金五万円という金額が出るまでに、相当時間がかかったと話しておられた。始め、三万円といい、すぐ四万円に訂正し、一旦退去してから、また訪れて五万円に訂正するという事であったようである。

野村夫妻は後々ソニーの大株主に変わるのであった。五万円に訂正したという残りの壱万円については、愛知で酒造会社をしている盛田の実家から出してもらったとの話もある。

ソニーの井深大氏は『私の履歴書』で次のように回想している。

　どうにもせっぱ詰まったので、これは銭形の親分に頼むよりほかないという事になり、盛田くんと二人で野村胡堂さんの高井戸の邸を訪れた。（中略）五万円借りるつもりで出かけたのだが、どうしてもこれが言い出せない。やっとのことで口から出たのは「三万円だけ新円で拝借したいと思いますが……」という言葉だった。これを聞いて盛田くんはびっくりしてしまった。後の二万円はどうするのだろう。盛田くんはとっさの思い付きで「もう一万円お願いしたいんですが……」と付け加えた。（一九六二年一二月二五日付日経新聞・日曜版、SUNDAY NIKKEI）

戦後二年程しか経ていない当時の三万円というと、大変な金額であったといえる。故に五万円拝借などとは、なかなか言い出せない。戦争が終わり、その後インフレに見舞われたことで、月給は数百円から数千円に変わるという時期があった。ただ、戦後十年経た昭和三十年でも、初任給は大卒で九千円台だったし、高卒であれば七〜八千円であった。

廿年代、ソニー（東京通信工業㈱）では、社員に給料を払うのに、四苦八苦していた時代のあったことを物語ることでもある。当然、それが一回だけでなかったとも聞き及んでいる。このようなこともあって、野村家がソニー株を増やしていったその経緯を、知ることができるように思う。最初は本来の投資もあったが、井深氏・盛田氏に貸した金額相当分を、株券で持つようにお願いされた事もあり、利殖とは全く関係ないところでの、人助けのための株式の保有が主であったともいえよう。

昭和二十一年八月、ソニーの前身、東京通信工業に、野村胡堂と前田多門は共同で資本金十九万円を出資している。前田が社長を務め、井深大が技術担当の専務、盛田昭夫が営業担当の常務となった。胡堂・前田は事業の後ろ盾となったのである。

時を置かず、東京通信工業は資本金を十九万円から六十万円に増資している。井深は資本金十九万円の時同様に、六十万円に増資した時も野村胡堂に出資を仰いだ訳である。

東京日本橋白木屋デパートの一画を借りて、それまでのアパート・自宅などでの作業場を移しての本格的な東京通信工業のスタートとなった。ただ、翌年昭和二十二年のデパートの「売り場拡張」、実際には「ダンスホール開設」であったという話であったが、立ち退かざるを得なくなって、一月二十日品川の御殿山に、七十数坪のバラック倉庫を捜し出して、東京通信工業㈱としての歩みを再始動させた。

ところがその工場移転もあって、どうにも資金繰りがうまく行かなくなった。

そこで、投資を仰いだばかりではあるが、また『銭形』の親分のところへお願いに来たのである。井深大は、自分の母が野村ハナ様とは日本女子大付属女学校時代からの友達である。ハナ様にとっては、生まれた時から成長を見守ってきたマサルさんが目の前にいる。

そのマサルさんが借金をしに来たのである。しかし、借金を言い出せなくて困っている。ハナ様も横でハラハラしながら聞いていて「何とかしてあげたい」と考えていたのである。

さて、井深氏らの会社創業当時、野村家が東京通信工業に対する貸付金、または資本金としての投与額は、大きなパーセントを占めていたものと言える。当時は、上場会社において、法人・個人の大株主を明らかにするカードがあり、それを見ると、誰がどれだけの所有であるかが、一目してわかるようになっていた。

ただ、昭和四十一年になって、ソニー創業当時の事をより知りたいという気持ちになり、ハナ様にお聞きした所、笑みを浮かべ、「忘れてしまった」と言っておられたが、野村ハナ様の場合、井深さんとの関係は、あまり話したくないご様子であったようにも思われる。井深さんとの繋がりを話すには、色々ありすぎて、短時間では話せないという事もあったであろう。そこには、大変優秀であったご子息の死や、長女・次女などの死についても走馬灯のように思い出されたのであろう。

また、井深さんらの会社創業時の苦労を、ハナ様は考えての事であったのかもしれない。昭和三十年代後半と記憶しているが、日経新聞は急成長する会社の代表者を取り上げ、連載でいくつもの会社とその経営者を紹介していたことがある。ソニーもその一つの会社であったが、私は井深大氏に関する記事の切り抜きをファイルして、野村ハナ様の所に持って行った。それが先にも触れた日経新聞の『私の履歴書』の切り抜きである。

社名をソニー株式会社に改めたのは、昭和三十三（一九五八）年であったことは、筆者にも記憶が残っている。

平成六（一九九四）年十月二十三日（日曜日）の戦後の履歴書「サンデー日経・日曜版」には、大きなゴジックの文字で次のようなタイトルをつけて、ベンチャーを支えた野村胡堂を写真入りで紹介している。

『銭形平次、ソニーを救う』（横書き、初号以上・ゴジック）
ベンチャー精神を支えた「捕物控」の印税（横書き・サブタイトル、20ポイント以上）
「戦後の履歴書」（縦書き・タイトル、手書き墨書）

という縦書きのタイトルがついていたが、内容抜粋でソニー、本田技研を挙げ、「今は、金余りの中で起業家が足りない」ことを嘆いているのである。その中でソニー関連では、製造会社職員・製作担当者としての裏話の一端が面白いように伝わってくる。

「当時は、材料を買うのも、下請けに払うのも全部現金ですから…」。戦前から井深の下で働き、東京通信工業創設時の取締役だった樋口晃は、いかに日銭稼ぎに苦労したかを知る一人だ。前渡金が入る官庁やＮＨＫの仕事で食いつなぐかたわら、大衆に受けそうなアイデア商品を次々に開発した。

「井深さんが突拍子もない発想で色々思いつく。井深さんが『できるはずだ』と言えばやるしかない」。失敗作に電気炊飯器がある。ヤミ米を買い集め何度も実験したが、ご飯がうまく炊けず、遂に商品化には至らなかった。

樋口が「恥ずかしくてあまり話したくない」というのは、電気座布団。「役員の奥さんにも縫ってもらった。安かったからずいぶん売れた。サーモスタットもないし、使い方によっては熱くなりすぎてズボンを焦がした人もいた」。法隆寺の金堂の失火（四九年）の原因が電気座ぶとん、と報じられた時は、幹部一同、肝を冷やしたという。

国産初のテープレコーダーの開発、トランジスタラジオの対米輸出などで、「ＳＯＮＹ」が世界ブランドになる前に、こんな試行錯誤があった。

と、このように伝えているのである。

ところで、時代が変わり、令和になったその日の株価ソニーの値段を見てみよう。

令和最初の年のソニーの始値は、五月の連休明けに一株時価五五〇〇円（令和元年五月七日）であるから、隔世の感がある。一万株売却のみで五千万円は確保できることになる。因みに当日は高値・五五七一円、安値・五三八六円、終値・五四〇八円であった。

五、有名演奏家に対するあらえびすの評価は

五〜(1)　あらえびすは藤原義江をどう評価しただろうか

昭和二十五年、私が中学二年の時、藤原義江のオペラ「カルメン」が松本で上演された。市内の繁華な場所にある劇場で上演された時は、母が入場券を買ってきてくれた。息子の大好きな音楽をこの際、満喫させてあげようと思っての、母の心配りであったものであろう。

合唱団は、信州大教育学部音楽専攻の学生と、戦前、長野師範学校で音楽を専攻し、卒業した後、各小・中学校で指導し、教壇に立っている人たちで構成されていた。私にとっては初めて見聞きするもので、本当に楽しんで帰路に着いたことをはっきり記憶している。言葉もフランス語ではなく、日本語に直してあったから、内容は充分に聴衆に伝わったのである。

しかしこれには後日談がある。

十七、八年経って、昭和四十年代になってからであると記憶しているが、或る雑誌社で企画した藤原義江との月刊誌の対談の記事が、何気なく買ってきた雑誌の当月号に載っていたのである。

その記事を読んで驚いた。藤原義江は、「もう信州にはいかない。頭でっかちの理屈が先に来るような者たちと一緒には歌わない。そういう者達の前では歌わない」というのである。言葉は少し違うと思われるが、そのような趣旨の内容であったことを明確に記憶している。

合唱団の中から、「こう歌うべきだ、カルメンの場合はこう理解すべきだ！」等、喧々囂々の意見が出たようである。信州で音楽教育を受けた者たちは、自分の意が反映されるならばそれに越したことはないと思い、我も〳〵と意見を述べたとは思うのであるが、そのような意見や提案を、今まで全く自分対象にされた事はなく、褒《ほ》められ煽《おだ》てられることはあっても、打たれることには、全く馴れていない藤原義江にとっては、一大事件として把握せざるを得なかったものと言えよう。

こんな場合、音楽評論家としての野村あらえびすであれば、両者の立場から見てどのように解釈し、どのような評価を下したであろうか。気になるところであるが、私は昭和三十年代後半以降、胡堂宅に伺っていたにも拘わらず、藤原義江というテナーの歌手に対してどのような感想を持っているのかを質問すらしなかったことについては、残念に思っている。

ビゼーのカルメンについては、フランス語に精通した、野村あらえびすはどう解釈し、どう理解していたであろうか。

五、有名演奏家に対するあらえびすの評価は

このオペラは、プロスペル・メリメの小説『カルメン』をもとに作られたものとされてい

る。ビゼーのところには、『カルメン』のウイーン公演と、公演のためにセリフをレチタティーヴォ（歌うより語る方に重点が置かれる表現法…〈叙唱〉）に改めるオペラ版への創作が依頼された。ただ、持病の慢性扁桃腺による体調不良で、静養中、心臓発作を起こしてビゼーは急死してしまった。そこで友人のエルネスト・ギローがその後を担当して、世界的な人気作品を作り上げたといわれている。物語の舞台はスペインであるが、フランス語で書かれている。Joseを日本では「ホセ」とスペイン語読みするが、フランス語読みだと「ジョゼ」として歌われる。音楽についても、有名な「ハバネラ」はスペインの民族音楽を取り入れて作られている。

初めて見たカルメンには、私は強烈な印象をもった。故にあら筋についても、記憶に留めている。それについて、ホセを演じた当時の藤原義江を思い出しながら、二時間半強ほどのオペラを振り返ってみようと思う。その後も大人になってから、オペラ・カルメンを複数回見ているから、その時のことも記憶として混在し、印象に残っているものといえる。

少しあらすじを追ってみよう。

第一幕

セビリアのたばこ工場で、女工・カルメンは喧嘩騒ぎを起こしてしまう。カルメンがジプシーであることも禍いとなり、牢に送られてしまう。

護送を命じられた伍長のドン・ホセは、カルメンの誘惑にかかり、彼女を逃がしてしまう。カルメンはパスチアの酒場で落ち合おうといって、去ってしまうのであった。

第二幕

ドン・ホセは、ミカエラという婚約者がいたが、カルメンの色香には勝てず、婚約者を振り切ってカルメンの元へ走る。上司との諍いもあり、密輸を生業とするジプシーの集団に身を置くことになる。しかしその頃、カルメンの心は闘牛士エスカミーリョに移っていた。

第三幕

ジプシーの女たちがカード占いしている。そこでカルメンも加わって占うと、不吉な占いのカードが出てしまい、結末が暗示されることになる。

密輸の見張り役をするドン・ホセを、婚約者ミカエラが説得に来る。闘牛士・エスカミーリョもやって来て、ホセと決闘になる。騒ぎが収まって、思いなおすように懇願するミカエラだが、ドン・ホセの心はカルメンに向いてしまっている。しかし、カルメンの心はホセからは、すっかり離れてしまっていた。ミカエラから母の危篤を聞き、ドン・ホセはカルメンに心を残しながら窃盗団を去る。

第四幕

闘牛場の前に、エスカミーリョとカルメンが現れる。エスカミーリョが闘牛場に入った後、独りでいるカルメンの前にドン・ホセが現れて復縁を迫る。復縁が適わなかったらお前を殺すと脅したのである。カルメンは「それならば殺すがいい」と言い放った。その言葉に逆上したドン・ホセはカルメンを刺し殺してしまう。

当初、ビゼーはメリメの原作に忠実な台本を望んだ。しかしこの主人公が盗賊であること、殺人で劇が終わる等、オペラ上演には相応しくないと判断され、劇場側からは拒否された。そのようなこともあって、筋書きを変更せざるを得なかったという。

変更した一つに、原作にはない登場人物、ホセの婚約者ミカエラを、オペラでは、追加登場させていることも、舞台に色彩を与える一要素になっている。

五～(2) コルトーとヒュッシュが来た（昭和二十年代）

昭和二十七年または二十八年であったと思うが、私の住んでいた長野県松本に、有名な音楽家たちが相次いでやってきたことがある。アメリカから来た黒人霊歌を歌うグループ（当時は「黒人霊歌」とは呼んでいなかった）も、その一つであるが、ピアニストのアルフレッド・コルトー（Alfred Cortot）、バリトンのゲルハルト・ヒュッシュ（Gerhard Hüsch）であった。場所は松商学園講堂で行われた。今までラジオで一回か二回しか聞いたことのない、大変有名な音楽家の来松であるから、どうしても聞きたいと考えて母に相談した。お小遣いを貰い、聴きに行くことができた。

この講堂は、戦前に片倉製糸が建てたものであるが、音響設備の整った講堂で、当時は松本市内の他の会場・劇場等とは全く違い、声楽家・ヴァイオリン奏者・ピアニストらが来ると、この場所は当然のように使われた。戦後すぐに松本で始められた幼児の才能教育・鈴木鎮一ヴァイオリン教室の発表会も同様に、全国規模になっても、当時は当学校の講堂が会場として使われた。家から徒歩では二十分程の距離のところだったので、幾つもの音楽会に中学時代から親しみ深く思い、この会場にはよく通った。

ただ使われたピアノは、その会場備え付けの戦前のものであったから、後日になって一流のピアニストは、あのピアノをどう感じたのであろうかと心配になった。

コルトーは、私の好きなピアノ曲で、ショパンの曲を中心に演奏していたように記憶している。ワルツ「華麗な円舞曲」などもその一つであったようではあるが、数種類ある華麗な円舞曲の内、どれを演奏してくれたのかは、忘れてしまって分からない。


先に触れた黒人霊歌も松商学園講堂で行われた。私は、会場脇・南側の窓の下で、無料で聞いたことを覚えている。出演者グループの一人が気づいて、休憩中にサインをしてあげようと、南側の両開きの窓を開けてくれたが、その時は、サインしていただく筆記用具もなければ、ノートもない。また、あまりにも図々しいようにも感じ、片言の英語で断ったことをはっきり記憶している。

その出演者は、窓をぴっちりとは締めず、会場内の音が外でも聞きとれるようにと、鍵をかけずに、ほんの僅か開けた状態にしてくれていた。その出演者の気遣いに、当時高校生であった私は感動し、感謝しながら終演までその場に佇んでいた思い出がある。

ヒュッシュの演奏では、未だに記憶している歌がある。シューベルトの「冬の旅」からの演奏で、特に学校でも教えてくれる「菩提樹」には深い感動を覚えたが、全く教科書では味わうことが出来ないメロディーが出てきて、不思議な余韻を残してくれたことを覚えている。

そこで、二十数年ほど後になって、冬の旅のレコードを手に入れ、聞いてみた。フィッシャー・ディスカウ（Fischer Dieskau）が歌うものであった。第一番の「お休み」、第五番の「菩提樹」、第六番「洪水」、この歌については、あらえびすは「涙の洪水と訳すべきものかもわかりません」と評しておられるが、メロディーの素晴らしさに、先ず感動を覚えた。また、第十一番目の「春の夢」の他、最後・二十四番目の「辻音楽師」などは、メロディーが耳について離れないほど素晴らしかったことを記憶している。

この「冬の旅」は、フランツ・シューベルトが一八二七年に作曲した連作歌曲集であり、死去する一年前の作品だといわれている。この年は、三月にベートーベンが死去し、葬儀に参列した後、友人と酒場に行き、その時、「この中で最も早く死ぬやつに乾杯!!」とシューベルトは音頭をとったという。この時、友人たちは、大変な不吉さを感じたといわれている。その翌年、一八二八年一一月、「歌曲の王」とも呼ばれたシューベルトの寿命が尽きたといわれているのである。享年三十一歳だったと言う。シューベルトは、自分の尽きる寿命のために乾杯を！　と、友人たちに強要することになってしまったのである。

ベートーベンの死が、シューベルトにはあまりに大きな精神的なダメージを与えた、という見方をする人もいることは知っておきたい。

五〜(3)「コルトー」、「ヒュシュ」に対するあらえびすの賛辞

ところで野村あらえびすは、先に挙げたコルトーやヒュッシュの素晴らしさを、どのように称えていたのだろうか。

『名曲決定盤』上巻「中央公論新社」版では、そのピアノの部門でピアニスト・コルトーを最初に挙げ、十八ページにわたり、あらえびすは先ず次のように語り始める。

「ピアニストのうちで、コルトーほど我々に親しみを感じさせる人はいない。その演奏が適度にロマンティックで心に食い入る良さを持っているばかりでなく、我々長い間レコードをやっているものは、この二十年間、コルトーのために浮身をやつしたという思

い出から来る懐かしさでもあろうかと思う。

パデレフスキーは別格として、当代の現役的な大ピアニスト中、最も優れた人を選ぶならば、十人中九人まで、シュナーベルとコルトーを挙げる事であろう。ドイツ風の手堅い技巧に、ユダヤ人の鋭敏な芸術感を持つシュナーベルと、フランス風の、少しロマンティックで、そして新時代の空気にふさわしい趣味と叡知を持って、典雅な線を感じさせるコルトーは、まことに面白い対照というべきである。……（略）。

当時、我らのあこがれは、一にも二にもコルトーであった。そのため判官贔屓に陥ってパデレフスキーを無視したり、ラフマニノフを憎んだりしたことさえあった。

これらの大家たちはコルトーと、あまりにも傾向が違っていたからである。コルトーのピアノの精錬された趣味と、フランス風の鮮やかな叡知に触れることは、我らの限りない喜びでもあった。同時にコルトーの十数枚のレコードは、ピアノ音楽に対する我らの趣味を、どれだけ引き上げてくれたか解らない。

当時の日本では、第一流のピアニストの演奏に接することなどは、通常であれば、全く夢のような望みであったからである……（略）。

五、有名演奏家に対するあらえびすの評価は

例えばコルトーの演奏するショパンの「円舞曲」について、あらえびすは次のように述べ

ている。

「円舞曲は珠玉篇の一つだ。この中に含まれた、後期のワルツの優雅な美しさは比類もない。初期の華麗なワルツの演奏者として、コルトーは必ずしも適任者ではないが、のんびりと物悲しく弾いた「嬰ハ短調のワルツ」のごときは、絶品的なものと言って差し支えあるまい」……。

と評しているのである。

声楽家・バリトンのゲルハルト・ヒュッシュについても、野村あらえびすは『名曲決定盤下』で、七ページにわたって触れている。

リート歌手として一躍人気の中心になったことを伝え、HMVにシューベルトの「冬の旅」全曲を入れるに至って、忽ち一流中の一流のリート歌手として、折り紙を付けられるようになったと伝えているのである。あらえびすは、ヒュッシュの歌について、次のように解説する。（HMV＝His Masters Voice の略で、英グラモフォン社のトレードマーク）

バリトン歌手、ゲルハルト・ヒュッシュについてであるが、「歌劇（主にワーグナー、モーツアルト）を歌っているうちは大したこともなかったが、シューベルトの『冬の旅』全曲を入れるにあたって、忽ち一流中の一流のリート歌手としての折り紙を付けられるようになった」としている。また、ヒュッシュのリートは少しも派手ではないが、その解釈・用意・心構え・技巧は殆ど完璧である。地味で、落ち着いて、リートの約束を超えた、劇的な誇張などは微塵もなく、舞台効果のために、泣き声を張り上げるようなことは絶対にない。

ヒュッシュのリートについて、換言すれば、そのまま教科書である。どんな歌い手でも、自分の芸術としてリートを扱う場合には、多少の歌い崩しは常識とされているが、ヒュッシュにおける限り、歌い崩しらしい歌い崩しのないのは、まさに奇跡的な端正さで、どんなやかましい先生が、楽譜と睨めっこをしながら聴いても、不思議なことに、ヒュッシュにはまず非のうちどころがないのである。

そして、次に表現については、いつでも均整と中庸と、柔らかい弾力とがある。どんなに激情的なものを歌っても、その燃焼を芸術的に処置して、決して実感に押し流されるようなことをしない。それがヒュッシュの特色の第二である。

それから、ヒュッシュほど、リートの解釈に聡明な人はなかったと思う。その表現は内輪で謹直であるが、思想的な裏付けは、この上もなく深奥でしっかりしている。

ヒュッシュの「冬の旅」の全曲（二十四曲）を聴いて、私はいつでも胸を締め付けられるような、湧き上がる悲しみを感ずるのは、ヒュッシュの表現の底に隠された、思想的な深みの関係ではあるまいかと思っている。シューベルトの悲哀は、運命に虐げられた善良なる魂の悲哀である……。ヒュッシュの解釈が常に内輪に穏健なものであり、その悲哀の色分けが、内面的で少しの誇張も伴わないのは、ヒュッシュのリートの第三の特徴であると思う。

と、あらえびすは述べているのである。

即ち、ヒュッシュのリートは、楽譜に対して非の打ちどころがないほど忠実であること。次に決して実感に押し流されるような歌い方はしないこと。三番目に解釈の仕方が常に穏健なもので、悲哀の表現は内面的で、誇張を伴わないと言っているのである。

また、この冬の旅の二十四曲については、次のような解説に触れることが出来る。

『冬の旅』は『美しき水車小屋の娘』（一八二三）と同じように、ドイツの詩人ウイルヘルム・ミュラーの詩集から取られたものであり、二部に分かれた二十四の歌曲からできている。水車小屋が「さすらい」をテーマにし、若者の旅立ちから粉屋の娘との出会い、恋と失恋・

自殺を描いた古典的な時代背景を基にした作品であるのに対して、『冬の旅』では、若者は最初から失恋しているのであり、街を捨ててさすらいの旅に出るという内容である。丁度、産業革命が始まった時代、都市への人口集中が始まった頃で、「社会からの疎外」感という近代的な精神構造を背景にしているようにすら受け止められている。死を求めながらも旅を続ける若者の姿は、時代を超え、今の我々にも強く訴えかけてくるものがある。

シューベルトの三大歌曲集『冬の旅』『美しき水車小屋の娘』『白鳥の歌』の中でも、『冬の旅』は特に人気が高い。

シューベルトの健康状態を見ると、一八二三年に体調を崩し入院後、どんどん下降していった。友人との出会い・交流などで、精神的には心の安堵をもたらしてくれたが、健康状態は回復することなく、経済的にも窮することとなり、性格も暗くなって、次第に「死」について考えるようになっていった。『冬の旅』の詩を選んだことについて、「長い間の病気で、シューベルトにとっての冬が始まっていたのだ」と、マイアホーファーは回想している。ただ、大方の見方は、ベートーベンの死が、彼に大きな衝撃を与えたものと言われている。

シューベルトがミュラーの『冬の旅』に出会ったのは、一八二七年二月だといわれている。全二十四曲の内、前半の十二曲を完成させ、友人たちに演奏したが、あまりの内容の暗さに、皆等しく驚愕したといわれている。

五、有名演奏家に対するあらえびすの評価は

六、胡堂・あらえびす命名と時事川柳の語

六〜(1)「胡堂」の命名について

一八九六年、長一（一四才）盛岡中学（現県立盛岡第一高等学校）に入学した。同級生には金田一京助がいた。二人は生涯の友として付き合うことになる。胡堂先生が八〇才で他界した時も、金田一が葬儀委員長を務めた。金田一京助の甲高い声がマイクを通して流れてきたが、その二人の関係を知っている参列者たちには、天からの声のようにも聞こえたことを書きとどめておきたい。

盛岡中学に学んだ野村長一（胡堂）には、同級に金田一京助のほか、小野寺直助・田子一民・郷古潔・及川小志郎・一つ上に米内光政などがいた。後の時代を動かす錚々たるメンバーである。

長一は一九〇七年、第一高等学校を経て東京帝国大学法科大学に入学した。そして数年後、卒業間近にはなっていたが、父の事業失敗という家庭の事情があって、学費が続かず退学してしまった。

学費滞納による除籍は、なんと卒業まであと三か月というときであった。

そこで、前々から新聞記者を職業としての視野に入れていた野村長一は、口利きをしてくれる友人・安村省三がいて、報知新聞を発行する「報知社」に入社、政治部に配属された。明治四十五年五月であったという。その一ケ月前には、朝日新聞にいた石川啄木が死去したばかりであった。

そのころの報知新聞は、大隈重信の憲政党が牛耳っていたとも言われている。資金的な援助・流通もあったと言われている。反対党の政友会は新聞記者上がりの原敬が重鎮であったという。故に取材などで、支障の出るときもあったようであるが、単に同郷というだけでなく原敬の甥・原達と野村長一は中学時代からの友であったから、政友会・原敬への取材も何とか、うまく行ったとのことであった。

ところで野村長一は、「胡堂」の名で同紙に人物評論欄「人類館」を連載したのである。記者生活は順調に推移し、その後、社会部夕刊主任、社会部長、調査部長兼学芸部長、編集局相談役などを歴任した。

胡堂の名の命名については次のような経緯がある。当時、新聞記者は、ペンネームをもって仕事をすることが当たり前のこととなっていた。実名とは異なる雅号である。お前もつけろと言われて、周りの人たちからのアドバイスもあり、付けた名が「胡堂」であったという。

そのあたりの事について少し触れておこう。

『袖萩祭文』の芝居の中で桂中納言に化けて出た安倍貞任が、花道の中ほどで引き抜きになり、「まことは、奥州のあらえびす」と威張るところがある。語源的にいうならば、関東の「にぎえびす」に対する奥州の「あらえびす」であった。

『胡堂』については、明治の新聞記者は、ほぼ雅号を持っていたという。当時新聞社では、

「署名記事を書くのなら雅号をこしらえろ」

「面倒くさいから付けてくれ」

「お前は東北だろう。坂上田村麻呂に征伐された方だ。蛮人というのはどうだ。強そうでいいぞ」

「蛮人はちょっとかわいそうだ。人食い人種みたいじゃないか」

と、小声で物言いをつけたとのことである。もしもその時黙っていたら、後々のことであるが、『野村蛮人作・銭形平次捕物控』ということになってしまっていたであろう。

そうしたら、横合いから、「そういえば、蛮人というのは北方の感じじゃあない。南蛮といって、赤道直下の黒ん坊だ」

「南蛮に対して北狄だが、狄というのは活字があるかい」

「なら胡というのはどうだ。胡馬北風にいななく胡だ。『秦を滅ぼすものは胡なり』の胡だ。

これなら、貞任・宗任の子孫らしいぞ。そしてその下に堂をつけろ。たとえば犬養木堂、尾崎咢堂、清浦圭堂だよ。近頃は堂の株が上がっている…」のような経緯で、『胡堂』が誕生した。

と言われている。

六〜(2) 「胡堂」の持つ三つの名前

ここで、本名「野村長一」の持つ三つの名前について述べておかなければならないであろう。

その最初は、「野村胡堂」である。この名前は、本名は知らなくても、世間一般に知れ渡っている名前である。『銭形平次捕物控』の作者の名前であるからだ。

次に「あらえびす」の名前である。この「あらえびす」については、音楽評論・レコード関係の書物などに用いている名前である。

当然本名の「野村長一」は、役所・病院などで用いる名である。

この三つの名前を使い分けていたわけであるが、『銭形平次』を読んでいる同じ人物が、「あらえびす」の『名曲決定盤』（一九三九年）や『楽聖物語』（一九四一年）を読んでいても、胡堂とあらえびすが同一人物であると理解しながら、書物を読んでいる人は少ないようである。

昭和二十四、五年ごろの朝日新聞に「あらえびす」の音楽評論の記事が載っていた時も、私は当時中学生であったとしても、野村胡堂と同一人物の著したものとはつゆほども考えなかったことが思い出される。また「あらえびす」の名を「胡堂」の名前より古くから使用していたという話もあるが、これは如何であろうか。胡堂の名前を使って、『傑物、変物、人類館』が春陽堂から一九一四年に出版されている。

あらえびすの名前の由来については、奥方ハナ様からは「『袖萩祭文《そではぎさいもん》』という芝居の中で使われたものを引用したようです」と言われたが、その時はよく理解できなかった。私は「はアー」といったものの、「後で調べればいいや」と考え、別な話題へと移してしまったことを記憶している。多分ハナ様も、「寺島は理解していないな」とは見たものの、それ以上質問のない限り、袖萩祭文の説明迄はする必要ないのかなと、考えられたものと言えよう。

雅号の命名については、長一氏本人の説明がある。

「『袖萩祭文』という芝居の中で桂中納言に化けて出た安倍貞任《あべのさだとう》が、花道の中ほどで引き抜きになり、『まことは、奥州のあらえびす』と威張るところがある。語源的にいうならば、関東の『にぎえびす』に対する『あらえびす』で、日本が台湾を領有した当時の言葉で云うならば熟蕃《じゅくばん》にたいする生蕃《せいばん》」である。（安倍貞任＝一〇二九～六二・平安時代陸奥国の豪族。）

『袖萩祭文』は、義太夫で歌われている。

『奥州安達ケ原』は、近松半一・竹田和泉・北窓後一・竹本三郎兵衛合作。一七六二年（宝暦一二）大阪竹本座で初演、安倍貞任・宗任兄弟ら一族の再挙の苦心を骨子として、「善知鳥《うとう》」や「安達原の鬼女」伝説などを合わせて脚色した作である。特に三段目の切・兼仗館（袖萩祭文）が有名で上演も多い。兼仗直方の娘・袖萩は、貞任と夫婦であったが、落人となった夫を訪ね、盲目の女非人となって、娘お君とともに館にくる。ここには鶴殺しの嫌疑で宗任が捉えられていて、袖萩は宗任から親を討てと迫られる。

その兼仗は、守護する環宮を奪われた責任から切腹の運命にあり、また桂中納言と名乗った貞任も乗り込み、ここで親子・兄弟・夫婦がめぐり逢い、兼仗・袖萩は自害し、義家と安倍兄弟は戦争での再会を約して別れる。袖萩が、お君とともに雪の降る中を、門口で祭文に託して、兼仗に思いを述べるところは哀れさを誘う。

そのほか野村菫舟（胡堂）の名が啄木の日記に登場する。

「午後、本郷にて露子岩動君に遭う。野村菫舟君を本郷六丁目二十八、日村方に訪問、逢わず。不忍池の畔より上野公園に上り、日本美術展を見る。

夜、抱琴原兄・金子定一・野村菫舟等へ端書して上京を報じ…。」

と、自分より二〜三歳ほど上の、胡堂の友人・学友らの同輩として付き合っていたことが判る。


又、金田一京助随筆選集では「野村長一君は、菫舟と号して、岩動孝久（露子）君と共に杜陵吟社を起こし、ホトトギス派の東北有数の俳句団体」を設立した。……「田子君の『反古袋《ほごぶくろ》』と並んで盛岡中学に大いに文学の旋風を巻き起こしたものだった。その野村君の原稿が、二百枚もある鏡花ばりの優雅な小説。その詩は藤村調の猪川箕人と並んで才気煥発だった。この野村君、一年生のころから、髪を、ぼうぼうさせ、着物のほころびはかんじんよりで縛っておく、というかまわず屋であったので、誰言うことなく「あらえびす」というあだ名がついた。…」（以下略）

借金魔の石川啄木は、野村胡堂より盛岡中学の二年後輩だったが、金田一京助が仙台に出たり、野村胡堂が東京へ出てきたのを追って、盛岡中学を中退して東京へ出てきてしまったというのである。

胡堂は「中学だけは出ていた方がいい」と言って、東京都内の文京区辺りの中学を、啄木を連れて数か所廻ってみたが、その時は全く空きがなく、編入出来ずに空振りに終わったという。

ただ、ハナ様は、「あれほどの天才に対して、中学を出た・出ていないなどの社会通念で、人を判断することの無意味さ愚かさを、後々たっぷり知らされました」と話して居られた。

石川啄木記念館

石川一（啄木）家の居間
所在地：岩手県盛岡市渋民

六～(3)「時事川柳」の語は胡堂が作った

胡堂が大学を中退したことは、既に述べたが、友人・安村という紹介者があって、報知社（後の報知新聞社）に入社することが出来た。ただ、一ケ月後にもらった給料は二十円、車代五円だった。しかし同僚は四十円だったという。安く見られたものとがっくりして帰宅すると、新妻・ハナ様は「仕方ないでしょう。お仕事で認めて戴いたら」と助言してくれた。その言葉に力を得て、精進して務め上げ、三年後には係長、六年後の大正六年には社会部長に昇進したという。部長ともなると、平記者でいる時とは違い、新聞の発行部数を伸ばすことを、第一に考えなければならない。それと部下の書いた記事でも当然のように責任を持つことが要求される。この年には野村長一は、販売競争に勝つための良い案を求められて、提案したのが「川柳」であった。それまで川柳はどこも採用していなかった。川柳は俳句より一段階低いものとして見られていた為という。

当時の総合新聞で、野村長一が初めて取り上げた記事が二つあるといわれている。その一つは「西洋音楽の情報」を掲載したことであり、もう一つが「時事川柳」であった。この時事川柳という言葉を作ったのは野村長一であるといわれている。

川柳の源は、江戸時代の『柳多留』だという。江戸の柄井川柳の名前を取って生まれた、無季の十七文字である。風刺・機知に富んだ十七音は、大衆に大きな賛同が得られると長一は考えたのである。

ところが当初、会社は猛反対した。そこで、胡堂は「川柳については、自分が選者になり、責任を持つ」と言って半ば強引に実行した。その結果、「音楽情報」と「時事川柳」は大評判となり、東洋一の新聞の売り上げとなった。報知新聞に野村ありと称されるようになったのは言うまでもないことであるし、当時の報知新聞は、現在の朝日・読売・毎日のような新聞を凌駕する総合紙となっていった。

胡堂が広重絵に凝る前に、川柳に心血を注いだことはもっと注目されてもよいのかもしれない。当然、短歌・俳句の世界とは異なる。川柳は、その時の時代背景・社会情勢を知ることが求められる。

政治に対する不安と圧制が風刺を呼ぶ。始め「一句も集まらないのではないのか」という不安があった。賞金は天が五十銭、地が三十銭、人が二十銭にした。それもよかったのであろうか。社告を出すと、忽ち百通以上も集まったという。胡堂は「そうれ、みろ」と内心ほくそ笑んだという。

時事川柳を考案し、社が合併するまでの二十七年間も務めたことに、胡堂の偉大さを垣間見ることが出来るように思える。

六～(4)「紀平次の三丁つぶて」と、「銭形平次の投げ銭」

野村胡堂は、岩手県紫波郡彦部村の出身である。彦部村の村長・野村長四郎の次男として生まれた。彦部尋常小学校、紫波高等小学校に学んだ。このころ、自宅が全焼するという災難があった。小学校時代に『絵本太平記』・『水滸伝』を熱心に読んだ。この『水滸伝』の登場人物の一人、投石を得意とした没羽箭張清《ぼつうせんのちょうせい》は、後に銭形平次の武器の一つ、投げ銭のヒントになったと言われている。『胡堂百話』の中でも、胡堂氏は次のような経緯で説明している。

百八人のそのうちでも、没羽箭張清は小石を投げる名人で、常に錦の袋に石を入れて腰に下げ、エイッと投げれば百発百中。三万余騎の大軍をひきいた敵の大将、阿里奇さえ、小石一つで落馬させてしまう。これだ、これだ！

しかし、小石のままでは芸がない。泰平の世に、誰でもいつでも持っているもの……と、なると、銭という事に落ち着かざるを得ない。

普通の一文銭なら軽すぎるが、徳川の中期からできた四文銭。裏面に波のある、いわゆる波銭ならば、目方といい、手ごたえといい、素人の私が投げてみても、これならば相手の戦闘力を一時的に完封出来そうである。

編集局の二階の窓から、ぼんやりと空を見ていると、春がすみの中に、ビルの鉄骨が組み上がって、その上に、「設計、施工、錢高組」と大きな文字が浮かんでいた。「あんな所にも、銭という字が書いてある」と、意識の底では思ったが、それが『銭形平次』を考え付く前であったか、あるいは構想が出来て、ほっとした後で、「そういえば、あそこにも銭という字が（あった）……」と気付いたのだったか、その辺のところはよく覚えていない。

ただ、日本文学でも石礫《つぶて》の話はでてくる。『保元物語』などにもでてくる紀平次大夫がいる。紀平次は「三丁つぶて」と呼ばれた石投げの名人であった。狙った獲物は過たずに石で打ち倒す。だが、この石打ちには鎌倉時代の都ではやった、不思議な石打ちがある。石つぶて、即ち飛礫・印地は日本の歴史と深くかかわっているようである。かつての石投

げは神事・軍事と深い結びつきがあったという。(『蒙古襲来』小学館一九九二：網野善彦)

このことから、「石打ち」は『水滸伝』以前にも、日本にあったことが判る。という事は、野村胡堂が、『水滸伝』を子供時代に読んでいたからというより、『保元物語』などで読んだ、紀平次の「三丁つぶて」と呼ばれた石投げの名人芸を、反映させたのではなかったのか。そこに小学校時代に読んだ『水滸伝』・『絵本太平記』なども、あるいは思い出していたのかもしれない。

これは紀平次の「三丁つぶて」と、銭形平次の「投げ銭」となる。何とも同じ「平次」という名前であり、両方ともに飛び道具という事になる。

飛礫《つぶて》は一〇一二年(寛弘九)の文献にも見える。左大臣藤原道長が公卿らを率いて叡山に登った時に飛んできた「石つぶて」(飛礫)である。檀那院《だんないん》の辺りを騎馬のままで通り過ぎようとした時、一行めがけて、突然ばらばらと石が飛んで来て、前駆の一人の腰に当たったという。「何をする。殿下がおのぼりぞ」と叱りつけると、その前に、頭を隠した法師五・六人が躍り出てくる。

「ここは檀那院ぞ。下馬所ぞ、大臣公卿は物故を知らぬものか」と。尚も飛礫、十度ほど」。一つは道長の馬の前に飛んできたこともあり、その下手人ひとりは捕えられた。時の座主は、これを「三宝の所為か」と言い、「むしろ石に当たった者は慎むべし」と語ったという。権勢を一身に集めた道長に対しても、飛礫は憚るところなく飛んだという話が残っている。

六～(5)『銭形平次捕物控』の第一作は「お静」のこと?

一九三一年、文芸春秋発行の『文芸春秋オール読物號』創刊号に捕物帳の執筆を依頼され、銭形平次を主人公にした「金色の処女」を発表した。これが『銭形平次捕物控』の第一作である。これ以降一九五七年までの二十六年間に太平洋戦争を挟んで、三百八十三編もの作品を書き上げた。

一九四九年、捕物作家クラブが結成され、初代会長に就任した。後に「日本作家クラブ」と改名して会長を継続した。

一九五六年、自らの著書を紫波町彦部に寄贈した。紫波町では「胡堂文庫」設立とした。現在は紫波町図書館となっている。

一九六三(昭和三八)年二月、ソニー株を一万株売却し、七千七百万円程と物納という方法での株券を含め、壱億円を基金に「財団法人野村学芸財団」を設立させた。この財団は経済面で学業が継続困難な学生への交付を目的の一つにしており、昔、胡堂が学資の不足で学業を断念した経緯が背景にあるという。

同年四月十四日、肺炎のため、杉並区上高井戸の自宅で死去。享年八〇歳。葬儀は青山の葬儀場で行われ、後に多摩霊園に埋葬されている。

ところで第一作の「金色の処女」について振り返ってみよう。

金色の処女は『銭形平次捕り物控』の第一作である。この時点では「ガラッ八の八五郎」の登場はない。平次の女房「お静」も、まだ妻とはなっていない。単なる水茶屋の娘である。

その日は、奉行朝倉石見守の知恵袋・南町奉行筆頭与力笹野新三郎様から、上様の雑司ヶ谷への御鷹狩があるので、また大塚御薬園の高田御殿へ立ち寄る上様を、以前、遠矢に掛けた曲者を探し出せとのお言葉であった。そのことを与力の笹野様は、岡っ引きの平次にこっそり打ち明けたのである。

お静を音羽の唐花屋へ使いに出すことで、行方不明になることから始まる話である。唐花屋とは化粧品屋の事である。

当時、頻繁に選りすぐりの美人ばかりが、神隠しにでもあったようにいなくなるのであった。そして、数日すると、二た目と見られないような惨殺死体で捨てられているのである。唐花屋の裏口から出ていく駕籠を平次は追った。そして大塚御薬園の裏口へ入って行ったのを確認することが出来た。次の日、与力笹野新三郎扮する上様に、毒茶を飲ませようとする峠宗寿軒と、並ぶもののない美人の娘・お小夜が抵抗する中、平次は「金色の乙女」、即ち「お静」を何とか取り戻すことが出来たのである。だが、すぐその後、着火された地雷火は大爆発して、高田御殿は微塵《みじん》に吹き飛んでしまう。

峠宗寿軒は、昔、駿河大納言忠長の臣で、本草学の心得があることによって、身分を隠し、大塚御薬園を預かるまでに出世していたのであった。主君忠長自殺後、何とかして家光に恨みを報じる事だけを考えて、生きてきたとの事であった。

大塚御楽園がその後取り潰しになり、天和元年、護国寺建立の敷地となっていった点は、当時、衆知の事実だったのである。平次にとって最も喜ばしかったことというと、金色の乙女、即ち、お静という美しくて優しい女性との愛を、確りつかむことが出来たことで、若い平次はこの上なく満足しきっていたのであった。また、時の将軍（上様）の胸にも、銭形平次の名前が印象深く記憶されたという。

『胡堂百話』によると、平次について、次のように述べている。

① 銭形平次の住まいは、

神田明神の崖下のケチな長屋。胡堂の元気な頃は、千代田区神田台所町との事、昔は敬称をつけて「お台所町」と呼んだ。突き当りに共同井戸があり、ドブ板は少し腐っていた。

② 恋女房のお静は、娘気の失せない、はにかみ屋で、六畳二間に、入り口が二畳、それにお勝手という狭い家は、ピカピカに磨きたてられて、陽炎がたちそうだ。

③ 年齢は、平次が三十一才、お静は八つ違いの二十三才だという。

何時になっても年は取らないという事については、「小説の主人公に年を取らせるくらい愚かな物はない」と胡堂は書いている

④ だいたいの腹案が出来て「オール読物」の創刊号（昭和六年四月号）から『銭形平次』は誕生した。

七、愛は無言のうちに

松田稔子氏の「母・野村ハナのこと」より

七〜(1)　姉・瓊子は召される時、「又逢いましょう」と、

父と母の故郷である岩手県の田舎に、夏になると兄姉とよく行った。けれどこの従兄弟の沢山いる楽しい田舎で過ごした夏に、一番上の姉（淳子）を失ってしまった。十五才になった気の優しいエンジェルのような姉……私はそう思っていた、留守がちであった母に代っていつも可愛がってくれていた…姉は、父と母が就き切りで看病したのに死んでしまった。病院からの知らせを聞いて、田舎の広い座敷を、泣きながらごろ〳〵転がって半日過ごしたこと、小母さん達が大きな数珠を回しながら、歌った東北弁の御詠歌、長い列を作ってお墓まで行った田舎道、それよりも、もっと鮮明に残っているのは、最初の子を亡くした父と母の悲しそうな顔、この頃は、未だ母はキリスト教に関心を持っていたけれど、入信してはいなかった。

姉を失った生活に少し慣れた頃の、私のすぐ上の姉（瓊子）は、とても変わっていて面白かった。小学校の五年生だったと思うが、自分で歌を書き、これに作曲し、それに踊りまでつけて私に教えてくれた。後で姉が書いたお話の中の子供たちのように、蜜柑箱で家を作り、その中に入れたお人形は、夜の間に小人になると私に話して聞かせた。

朝早く寝間着のまゝ、胸をドキ〱させて蜜柑箱をそっと覗いたのを、昨日のことのように思い出す。小人になっていないと悲観すると、「人間が近づくと急いでお人形にかえるのよ」と姉が慰めてくれた。母はこの奇想天外な子供達が、何をしても黙って笑ってみていた。

兄（一彦）が少し健康を取り戻したので、鎌倉の生活は四年で終わり、成城学園の近くの家に引っ越してきた。兄は、ここで休んでいた高校の最後の学年を過ごし、その頃の東京帝国大学の美術科に入学した。

音楽に深い才能を持っていた兄は、父や母にとって大切な一人の男の子であったし、私ども姉妹は、兄のいう事ならなんでもおとなしく聞くほど尊敬していた。

父は成城に住んでいる頃が一番小説を書いた時だと思う。けれども私共の生活は決して贅沢なものではなかった。母は子供たちの小さい時から、クリスマスだけ、日頃欲しいと思っているものを、それが大分高価な物であっても、思い切って買ってくれた。それはサンタクロースが持って来てくれるのであった。小さい姉妹はどうにかしてこのサンタクロースを見ようと手を紐で結んで、眼の覚めた方が引っ張ることにして眠ったものであったが、どうしても見ることが出来なかった。大きくなって、サンタクロースが親であることを知ってからも、母は上手に枕元に置いてくれるので、眼を覚まさないで過ごしてしまった。

日頃、欲しいほしいと思っていたものが枕元にあった時、暗闇の中でのゴソ〳〵と手探りで探ってみるときの満足感は、たとえその後一年間、何も買って貰わなくてもいいほどの幸せであった。これはとう〳〵私が結婚する年のクリスマス迄つづけられた。

貧乏であった時も、少し裕福になった時も、母は心を込めてプレゼントを揃えて、サンタクロースになってくれていた。

私も自分の子供達に、戦争後の何もない時代から続けている。高校三年生になる大きな息子が早く眠くなるようにとお風呂に入って、うんとのぼせながら、「ママ、何か眠くなる薬くれない。早く眠らないと、サンタクロースが遅くなって気の毒だろう」と言って、ニコ〳〵して寝室に入って行くのを見るときなど、母がどんなに楽しみにして、クリスマスの夜を過ごしたことであろうと思い起こす。私どもはこのためか、人の物を羨ましいと思ったり、自分の生活、持っているものに、不満を感じたこともなく育ってきた。

平和だった成城の生活に暗い雲がかかってきた。兄が両方の肝臓を悪くして、病気が重くなってきたのである。辛抱強く苦しい病気と闘っている兄と、毎日毎晩、付きっ切りで一心に看病している母を見ていると、心配でならなかった。高校の時から、兄は聖書を読み、内村鑑三全集を読んでいた。また、金沢常雄先生の聖書研究の集会にも出ていた……。

兄は病気との長い戦いを通して深い信仰を与えられた。二十一歳で召される迄、長年信仰を持ち続けてきた人のように深く、今信じたばかりの人のように純粋な信仰をもって、静かに召されたのであった。

父は、この兄のために小説を書きながら、牧師のように生活してきたというし、母は、夜中に何度も〳〵、兄の病床を見回り、廊下で気を失って倒れるほど疲れ切っていた。それでも母はそれを、顔にも口にも少しも表わさないで過ごしていた。人前では取り乱したことのない母は、兄が亡くなって一か月以上たった夜、父と姉の前で、ひどく泣いていたのを思い出す。床の中でそれを聞いた私は、蒲団をかぶってしまった。今でも、あれは本当の事だったのかと思い出す。それ程、母は何十年もの間、怒ったことも取り乱したこともない母であった。

姉の書いたお話を、父は読んだ後、喜んで本にした。そして幼い私の書いた絵を挿絵にした。その本「七つの蕾」を手にした姉瓊子は、幸せそうであった。けれども姉は、どうしても健康な生活に戻れないまま、二十三才で召されてしまった。気性も才能も、一番父に似ていた姉の死は、私どもにとって大きな打撃であった。姉は、召されるときに、皆に言った。

「又逢いましょう」と。

この姉の言葉に神様への深い信仰は、それをなお一層深いものにした。母の信仰は単純なものであるけれど、愛する子供を三人も亡くしたショックで、私が軽い病気になった時、母はめずらしく涙を流した。私は丈夫で生きていること以上の、親孝行はないということをこの時深く感じた。それをいいことに私はのび〳〵と育ち、勉強をそっちのけで好きな絵を描き、手当たり次第に本を読み耽った。今になって勉強しろと言ってくれたら良かったのにというのが、母へのたった一つの不満になっていたのである。

母はよく「親が正しく真実に生きていれば、子供は必ずその後を歩いて来る。叱らなくていい」という、そのように育てられた幸せを、此の頃しみじみ感じる。

七～(2) 母・兄・姉たちと…

私が物心ついて覚えている家は、目白の日本女子大の近くの、突き当りにお寺のある、細い路地の奥の小さな家であった。肥った大きい父、小さくて一日中くる〳〵働いている母、優しい姉、面白い兄、いつも夢を追っているような小さい姉(瓊子)、そして甘ったれの末っ子の私、この四人の子供に囲まれて忙しく生活していた母は、今から考えると、張りのある毎日を過ごしていたことであろう。このころの生活では大正十二年の震災を覚えている。取り乱すということのない母は、震災にあっても決して取り乱さなかった。子供心に母がひどい地震の中でもいつもと少しも変っていないことを感じて、安心していたのを思い出す。父はまだ小説を書いていなかったが、音楽好きはもうこのころから始まって、毎日のようにレコードを抱えて帰ってきた。四人の子供のある生活の中からの、このレコード代は中々大変なものであったようであるが、母は何も言わなかった。何十年にもわたって父が集めたレコードは、一万枚以上になってしまったがこの間、いやな顔一つ見せたことがない。慎ましい生活なので時々困ったそうだが、その度に「孫か曾孫に偉大な音楽家が生まれるかもしれない、と思って我慢した」と言って笑っていたことがある。

震災後この路地の奥の小さい家から、もう少し女子大に近い家に引っ越しをした。母の生活は相変わらず忙しく、家と学校の間を駈け廻っていた。この家には女子大の学生もよく来て、何時間も母と話していた。眠い目をこすりながら、長椅子で、大人の話は長く続くものだと感心しながら聞いているうちに、眠ってしまったのを覚えている。

母に叱られたことがあっただろうかと思い出してみたが、一度も叱られた覚えがない。母は教師としても、出来の良い子にも悪い子にも同じように深い暖かい愛を持っていたらしく、本当に良い先生だったと後々までよく耳にしたものである。

七〜(3)　父の杖として母の若さは

杉並区上高井戸の静かな父母二人の生活が続き、時に来る孫たちや私共を喜んで迎えていたが、父は七、八年前から白内障を病み、その後足の骨を折って、不自由な生活をしている。母は、この父に本当に片時も離れずに看病して過ごしている。自分の母を誉めることはおかしいし、母もくすぐったい事だろう。でも私は、この今までの生涯の大半を、看病に過ごしている母が、外に出られない生活の中から、自分の楽しみを見出し、昔から好きな植物の勉強をし、庭に小鳥が来ると、あれはなんだろうと、眼を輝かせて図鑑を見ているのを、不思議な思いで見る。これだけの苦しみも、母を愚痴っぽいおばあさんにはしなかった。これから、何か勉強を始めそうな若々しい心を持っている。

事実、絵には全然知識のなかった母が、絵の好きな父に引かれたのか、書物で絵の勉強をして、今度来たフランス美術展の絵が新聞に出る度に、これは誰の絵だと当てるのには、私の方がずっと絵が好きだったのにと驚いてしまった。

先日、父を手押し車に乗せて、フランス美術展を見に行った母は、絵に感激して、それと会場の皆さんが親切にして下さったことに感謝して、一晩眠れなかったと話していた。

二年前病気をしてから、母はあまり体力がないようだし、長い看病で胃も悪くしている。けれど母の気持ちの若さは、少しも損なわれていない。

新しく作った洋服を、私に着て見せるといって「ハイ、おばァさんのファッション・ショーよ」と澄まして歩くのを見ると、この人が七十三才だろうかと思ってしまった。

自分の母を語ることは難しい。自分のことほど細かくは知らないし、あまり書き過ぎては、今まで叱られたこともないのに、叱られてしまいそうな気がする。

けれど、不幸にあった方々が、私のこの拙い文章から、どんな不幸にも負けなかった母、身分の高い人にも低い人にもいつも同じ態度の母、七十三才まで怒った顔を見せたことのない母、明るい弾力のある心を失わない母を知って下さって、力になさることが出来ればうれしいと思う。

家の下の女の子は時々こういう。

「私ね、おばァちゃまを、行きたいという所に、一緒に連れて行って上げるのが、望みの一つよ。」

（「愛は無言のうちに」『婦人之友』（昭三七・三）より一部のみ転載）

（「家の下の女の子」とは、『碧さん』のこと）

この章の⑴～⑶は、『婦人の友』昭和三十七年三月号の記事を、必要な分だけ取り出し、前後させて載せたものである。この社の「日本の母の記録3」として紹介されたものであるが、次のように記者の紹介文が、枠に囲まれて掲載されている。

筆者松田稔子さんは、東大教授松田智雄氏の夫人。父上は、胡堂、あるいはあらえびすの筆名で大衆の作家また音楽評論家として広く親しまれている野村長一氏。母上ハナ夫人は今年七十三歳、今日まで父上の内助者として、また良き家庭の中心として、愛一途の歩みを続けて来られた方です。

聞くところによると、野村夫人は本誌の創刊時代からの愛読者。いよ〳〵健やかに幸福な日々を過ごされるようにと、ともども願われます。

と紹介されている。

八、小説家と音楽評論

八〜(1)「胡堂」と「あらえびす」は同一人物

既に書き記したように、証券セールスマンであった私は、奥様に促され応接室に通された。訪問の趣旨を告げると、「少しお待ちください」と言われ、奥様は部屋を出て行かれた。しばらく待っていると、「こちらにどうぞ」と促されて奥の部屋・胡堂先生の書斎に案内された。

そこには野村長一氏がおられた。その時はその人物が『銭形平次』の作者であることなど、私にとって知る由もなかった。単にご主人・野村長一氏が書斎に居られるとしか思っていなかったのである。

当然、音楽評論の大家「あらえびす」である事など知る由もなく訪問したのであった。通された胡堂氏の書斎で『銭形平次』の作者であり、音楽評論では、私にとってその時より十年以上も前に、朝日新聞に紹介されていた「あらえびす」のペンネームを持つ人であることが知らされたのである。紹介されていたというのは、その程度の知識しか、私としては当時、持ち合わせていなかったという事である。

「あらえびす」と聞き、すぐ思い出されたのは、私が中学一・二年のころ、朝日新聞にときおり掲載されていた「音楽評論」であった。

中学二年になってある日、父に促されるままに新聞受け迄朝刊を取りに行った。玄関で一面を開くとすぐ目に入ったのが、『あらえびすの音楽評論』であったことは、最初に触れた通りである。それも『朝日新聞』の見出しの下に、当時は朝日新聞の表示幅で、縦四センチほどの発行所の住所を示す欄があったか、広告であったかは記憶に無いけれども、そのすぐ下に、朝日新聞表示幅の二倍半ほどで、縦長の記述が目に付いたのである。

その頃は、心待ちにしていた「あらえびすの音楽評論」が、その日は一面の右上の場所に掲載されていたから驚いた。いつもは同じ一面でも、左下や中央の広告欄のすぐ上段などに掲載されていたから、一面の右端（新聞社のタイトルのすぐ下）に掲載されたのは初めてだったのである。


「あらえびす」が、このペンネームを最初に使ったのは、報知新聞で大正十三年の事だったようであるが、この名は一度聴いたら忘れられない不思議な響きを持っている。

なぜ、このような名がついたのかと言えば、盛岡中学時代、級友金田一京助が野村長一の恰好を見て思わず「ヤーッ、これは『あらえびす』だ！」と高い声で叫んだのが始まりであったと聞いているが真偽のほどは判らない。金田一京助先生は変声期が来なかったのかとも思われるような、少年のような高い声だったことは、胡堂先生が亡くなられた時、青山の葬祭場で弔辞を述べられたが、その時も感じたことである。後年、ご子息の金田一春彦先生と、東洋大学で行われた国語学会の時、私の発表を聞いていただき、その後控室へ続く廊下で少し話す機会があったが、ご子息の春彦先生は、普通の声帯・通常男性の声をしておられたことが思い出される。話が飛んでしまったので、元に戻すことにする。

戦前、旧制高校の学生は、弊衣破帽の学生が多かったという。この野村長一の恰好について、藤倉四郎氏は、「育ちざかりの肉体をやっとつなぎ止めておくような制服。袖は七分もない。本人も気にしていると見えて、腕にスミを塗っていた。尻からは、豊かなものがはみ出ていた。教官に「野村！　貴様のその恰好はなんだ！　アーン」と嘆かれたという。旧制高等学校の学生は、野村長一ほどでなくとも弊衣破帽を好むものが多かったといえる。

私の育った松本も、旧制松本高校があり、戦前は勿論のこと、戦後の昭和二十三年の新制大学になるまでは、子供心に、お兄さんたちは汚い恰好をしているなとも、

盛岡中学時代の学友。胡堂・金田一京助の卒業写真
（明治34年3月21日　後列中央、胡堂。中列右から2人目、金田一京助）

見ていたことを思い出す。

遠い昔、東北人の事を「あらえびす」といい、関東人のことを「にぎえびす」ともいったという。吉田兼好が、徒然草の第百四十二段の中で、あらえびすを次のように述べている。この段の一部を書き出してみよう。

八〜(2) 心なしと見ゆる者も（徒然草　第百四十二段）より

心なしと見ゆる者もよき一言はいふものなり。あるあらえびすの恐ろしげなるが、かたへにあひて、「御子はおはすや」と問ひしに、「一人も持ち侍らず」と答へしかば、「さては、もののあはれは知り給はじ。情けなき御心にぞものし給ふらんと、いと恐ろし。子故にこそ、よろづのあはれは思ひ知らるれ」と言ひたりし、さもありぬべき事なり。恩愛の道ならでは、かかる者の心に慈悲ありなんや。孝養の心なき者も、子持ちてこそ、親の志は思ひ知るなれ。

世を捨てたる人の、よろづにするすみなるが、なべてほだし多かる人の、よろづにへつらひ、望みふかきを見て、無下に思ひくたすは僻事なり。その人の心になりて思へば、まことにかなしからん親のため、妻子のためには、恥をも忘れ、盗みもしつべき事なり。されば、盗人を縛《いまし》め、僻事をのみ罪せんよりは、世の人の飢ゑず、寒からぬやうに、世をば行なはまほしきなり。

人、恒の産なき時は、恒の心なし。人、きはまりて盗みす。世治まらずして、凍餒《とうだい》の苦しみあらば、とがの者絶ゆべからず。人を苦しめ、法を犯さしめて、それを罪なはん事、不便のわざなり。

さて、いかがして人を恵むべきとならば、上の奢り費やす所をやめ、民を撫で農を勧めば、下に利あらん事、疑ひあるべからず。衣食世の常なるうへに僻事せん人をぞ、まことの盗人とはいふべき。

語釈

かたへ　そばにいる人、同輩。

するすみ　何の係累（資産・親族）もなく無一物の身の上。

ほだし　自由を束縛するもの、係累。

思ひくたす　心の中でけなす。相手を内心で見下す。

通釈

物の道理や情趣を解する心がないと思われる者でも、時にはよい言葉の一つは言うものです。ある荒々しい田舎武士（あらえびす）で、恐ろしそうなのが、同輩に向かって「お子様はおありですか」と尋ねたが、「一人も持っておりません」と答えたので、「それではものの情趣はお分かりにならないでしょう。情け知らずのお心でいらっしゃるであろうと思いますと、誠に恐ろしいことです。人は子供によってこそ、この世のあらゆる情趣は判るものです」と述べたのは、いかにも尤もなことです。肉親に対する情愛によるのではなくては、このような荒くれた者の心に、慈愛の心が有るだろうか、あろうはずもないのです。しかしこのように親孝行の気持ちを解さないような荒くれ者でも、子を持って始めて親の子に対する深い心が判るものです。

世を捨て出家遁世した人で、万事に係累のない人が、一般に係累の多い人の万事につけて、他人にこび諂《へつら》ったり欲の深いのを見て、むやみに軽蔑するのは誤りでしょう。その係累の多い人の気持ちになって考えてみると、本当にいとしく思うような親のため、妻子のためには、恥をも忘れ、盗みをもしかねない事です。だから、盗人を捕縛したり悪事ばかりを罰するようなことよりは、世の人が飢えたり凍えたりしないようにと、世の中を治めて行きたいものです。

人間は（孟子の言うように）一定の生業がないときは、一定不変の道義心が無くなります。人は（生活に）行きづまると盗みをしてしまいます。世の中が治まらないで飢えたりこごえたりする苦しみがあるならば、罪人が無くなる筈はないでしょう。人民を苦しめて法律を犯させ（るように仕向け）て、その者を処罰するというのは、かわいそうなことです。

それでは、どのようにして人民に恵みを与えたら良いかというと、上に立つ為政者が、贅沢をし浪費するのをやめて、人民をかわいがり、農業を奨励するならば、下々のものに利益のあろうことは疑いのあろうはずはありません。衣食が世間並みにたりているのに罪を犯す者をこそ、本当の盗人というべきでありましょう。

というくだりがある。

金田一京助氏等友人が、野村長一氏に対して「あらえびす」と名付けた理由には、単に風体による事だけだったと解してよいのであろうか。吉田兼好は荒夷《あらえびす》について、この段で言われているように、しっかりとした摂理をもっているのみならず慈愛の心をも、持ち合わせている者という意味で、野村長一氏にあらえびすとつけたのではないのかとも理解できるのである。一生の友として付き合っていこうとしている金田一京助が、最良の友・野村長一に対して、単に姿恰好だけで「あらえびす」といったのではなかろう。そこには人間として持つべき慈愛の心や人としての摂理をも持っている、徒然草の内容も含めての命名であったのではなかったのかと思われる。中学一・二年というと、つける綽名については、単に相手の恰好だけで命名するのではなく、もっと対象者（友）の人間性に触れることが多いように思われる。

そこで思い出すのは、中学一年の春、秋田から数学者の父親が新制大学「信州大学」への転勤で我々のクラスにその子・飯沼君が入ってきた。

転入してくるなり、十日足らずで人気者になった。柄は大きい方で、たらふく食べるのであろう。おなかの周りが中年太りのように大きかった。その体をもって、実に面白いことを言う。休み時間には笑いを誘うことを言っては、皆を楽しませ、お腹をたたくようにゆらゆらさせて跳ねる。なんとも楽しくて教室内には笑顔が絶えない。私は家の方向が同じであったことと、テニスをさそい合わせやろうという事になった。当時、近所に住んでいた山口寛さんという我々より五年上の長野女子師範付属松本小学校時代、秀才とも言われた人が、松本第一中学に入り、テニスを始め、新制高校と学制が変わる中で、高校三年生になった時、県の代表として全国大会に出場し、勝ち進んだ。そのようなこともあって、寛さんにお願いして、数種類のラケットを我が家に持ってきてもらった。飯沼君も自宅へ呼んでおいて、同じラケットを買う等して始めたことから、殆ど一緒にいることが多かった。銭湯などにも週に二回は一緒に行った。いつも彼は私の家へ呼びに来た。飯沼君と行かない時は、物心ついた時からの友（汲田孝平君ら）がいたので、近所の別な銭湯へ行っていた。

そんなこともあって、飯沼君には深い意味もなく綽名を付けた。「タヌケン」という名前を思いついたのである。今から七十年も前の話である。

彼はお腹が大きくぽんぽこタヌキみたいで、面白いことを言うから、そのころ戦前から一番知られていた喜劇俳優の「エノケン」の「ケン」を採って「タヌケン」だと言ってしまったのである。これは教室では受けた。が、本人にとっては気に入らなかったものと言える。一年程して、ホームルームの時、彼は「僕の事をタヌケンと呼ばないようにしてください」と、訴えたのである。但し、テニス仲間のダブルスで私と組んでいた藤森君などは、高校に行っても、飯沼君に対し、タヌケンと呼んでいたようである（後々飯沼君も藤森君も医学の道に進んだのであるが）。ただ、この名には親しみが前面に出てくることから、決して相手を小馬鹿にしたネーミングとは、言えないようにも思われるが、そう思うのは名付け親の私だけであろうか。そんなニックネームを付けたことから、彼は私の家に呼びに来るのも、大きな声をして「テラコー、風呂に行くぞー」と呼びに来るようになった。その声を聞いた母親は驚いていた。でも母親には、彼に「タヌケン」とニックネームを付けていたことは言わなかった。

こんなニックネームとは違い、「あらえびす」というネーミングは筋が通っている。本人も喜んで使ったといえる。それが音楽評論をするときに使われた。

この「あらえびす」としての著書は、昭和六年に刊行された。

「蓄音機とレコード」、四六書院B６版、一六八頁、あらえびすの処女出版であった。有名な『バッハからシューベルト』（一九三四年・昭和九年「名曲堂」）については、松田智雄氏の「一粒の麦」『婦人の友』（昭三八・七）に次のように記されている。

「およそ、SP時代のレコード愛好家ならば、必ず備えていたといわれている、父の著書『バッハからシューベルト』だったと思うが、その中でシューベルトの歌曲を扱ったところは、胡堂の長男・一彦が書いたものであった。もちろん名前は表面に出ていないのであるが、音楽評論家の野村光一氏がこの本を読まれ、この一彦の書いた部分が、最高の出来栄えであると激賞された。これをきいて父親としては、微苦笑をせざるを得なかった、という話があった。

このようなことから、当時証券マンである私に、奥方ハナ様が話された事、ハナ様が「これはほかのひとかた（御名は不明・私以外のひとかた）にも話した事ですよ」とも明かされながら、ほぼ同じ話をしてくださったことなども思い出している。半世紀以上前の事をあれこれ述べているわけである。

野村学芸財団を創設されるときは、未だ訪問し始めて一年しか経っていなかったので、除くとしても、日本女子大への寄付の時のことなど、どのようにして資金を揃えられたか等に付いても、判る限り触れてみたいと思っている。

野村学芸財団創設にあたっては、胡堂名義・ハナ名義のソニー株は、当時それぞれ三十萬株強ほど保持しておられたが、時価七百～八百円台であったことから、先ず夫名義の十万株を売却して、七千数百万円と、残りは物納という形で一億の資金を作り、野村財団を発足させた経緯があることを、ハナ様ご本人から伺っている。

財団の事務局は、取り敢えず八百坪ほどある上高井戸の野村家敷地内に置いた。その後、ソニー株はあまり大きくは上下せず、しばらくは七百円台を維持していたように記憶している。ただ、弱含みで推移していたことから、徐々に値を下げていくことになる。

八〜(3)　蕎麦屋の二階での野村夫妻の結婚

良い籤を引いた……と、胡堂

胡堂は、「ハナなしに今日の私は絶対に考えられません」。しみじみとした述懐であった。そんな野村ご夫妻の結婚式は、蕎麦屋の二階で行ったと聞いている。それも、もりそばを食べながら、将来を誓い合ったという事をハナ様から聞いている。

その蕎麦屋の二階座敷に同席したのは、野村胡堂の父・長四郎の他、中学時代からの親友・金田一京助と、橋本ハナの友・長沼智恵子であったとのことであったが、この二人が介添えとして出席したのである。長沼智恵子はご存知の高村光太郎の妻となる人物である。細く長くと、蕎麦を食べながら、将来について語り合い、二人の間を確固たるものにしたのであろうと思われる。

智恵子より二歳年下の野村ハナは、同じ日本女子大学校出身、智恵子のすぐ下の妹・セキとは同じ教育学部の同年生で、姉智恵子とも親しくなり、テニス仲間でもあったという。

当時、智恵子は妹・セキと雑司ヶ谷に住んでいたが、その二人の元をハナ様が、生まれて間もない長男・一彦を連れて訪れたと日記に記しているという。

野村長一（胡堂）は、明治十五年十月生まれ、ハナ夫人は六歳違いであるから、明治二十一年三月生まれという事になる。

二人の間に四人の子供が生まれた。長女・淳子さんは明治四十四年に生まれた。長男・一彦さんは大正二年、次女・瓊子さんは大正五年、三女・稔子さんの誕生は大正九年であった。この四人の兄弟姉妹は、稔子さんを除いて早世された。

長女・淳子さんは、家族での帰京の折、彦部村で逝去されたとの事、昭和二年に僅か十五歳であったという。長男・一彦さんは、旧成城高校で、チェロを弾き、音楽・美学を極め、東大に入ったが、二年生の時、昭和九年一月死去、二十一歳であったという。

淳子さんと一彦さんは、野村夫妻の故郷・紫波町に埋葬されたという。

長男一彦さんの弾いていたチェロは、父胡堂から松田智雄さんへ渡されることになった。高井戸の松田家の応接室には、いつも同じところにチェロが立て掛けてあったことを記憶している。一彦さんと松田智雄さんは、他の二人を入れ、四人で室内楽の演奏を楽しんでいたという。一彦がチェロ、松田智雄はヴィオラ、前田陽一はフルート、前田美恵子はピアノと

成城時代の仲間は音楽に親しんでいたとのことである。（前田家二人の父は前田多門）

瓊子さんについては、若くして父・胡堂の文才を引き継いだのであろう。『七つの蕾』昭⑫刊行に続けて、『サフランの歌』・『紫苑の園』・『お人形の歌』等を次々発表、父・胡堂を喜ばせた。これらの作品については、子供時代に平成天皇の妃・現上皇の后・美智子様が子供時代に読まれた書物であった。皇太子妃時代にお使いの方が高井戸の野村家を訪れ、「再度読みたいので、お借りしたい」とのご希望に、応えてあげたとのことを奥方・ハナ様からお聞きしている。その日は野村家には夕方訪問したが、ハナ様は「昨日電話があって、先程使いの方が宮内庁から来られました」と言っておられたことを思い出す。

胡堂が「良い籤を引いた」と、昭和二十七（一九五二）年の雑誌『キング』に載せたものの内容は、次のようなことであった。

結婚してから四十三年になるが、夫婦喧嘩というものをやった経験が無い。ご質問に応じかねて、誠に相済まぬようであるが、こればかりは致し方もない。四十三年もの長い間を摑み合いも口喧嘩もしなかったのは、多分私は人間が甘く出来ており、老婆がズルく立ち回った為であろうと思う。尤も、仕事の事で、時には気難しいこともあり、年のせいで、些か小言幸兵衛になりかけているが、老婆は巧みにあしらって、決してこれを喧嘩にはさせない。

（略）

「四十三年前、もり蕎麦で結婚した私たちは、もう日本流に数えて七十一才に六十五才だ。喧嘩をせずにきたのは、運がよかったのかも知れない。これから先も無事に平凡に余生を送るだろう。つまりは良い籤を引いたのだ」と。

胡堂夫妻が幸せな生涯を全うし得た感懐を、ほほえましく捉えることが出来る。

胡堂は、西暦で言うと、一八八二年生まれ、一九六三年逝去である。

大正九年三月二十九日から四月四日まで、胡堂は、妻ハナと三人の子供を連れて「十年来計画した一家揃っての帰省」を果たす。このところを胡堂は次のように説明している。

ハナのお腹には三女（後の稔子）もいた。複雑な成り行きの二人にとって、この帰省は、ハナが初めて嫁として胡堂の生家の敷居をまたぐ、念願の、忘れがたき旅であった。七日間の旅日記は、和紙に百四十八頁にもわたって自筆で綴られている。大正期の旅風俗、地域色などの記述も多いこの日記は、第一級の資料となる。…略…

十年来計画した「一家そろっての帰省」は、斯くして漸く果たされた。妻ハナ（お花）の喜びは言うまでもないが、幼いお前たちにとっても、かなり愉快な経験であったろう。しかし子供の時の記憶は、年と共にすこしずつ薄れていくものである。いくらそれを喚び起こそうとしても、時の力に抗して取り止め得るのは、ほんの事実の一部分に過ぎないのが普通である。

淳子・一彦・瓊子もこの愉快な帰省を思い起して、薄れゆく記憶を惜しむ時代が来るであろう。私はその時の用意に、まだ筆を執ることを知らない子供たちのために、かなりの努力を払って、此の長い日記を書き終わった。もとより世に示し、人に問うためではない。＝稔子も大きくなったら、お前が母親の腹の中に居る時の旅行に、相当の興味を持つだろう＝。

他日、お前たちが大きくなって、之を読んだとき、お前たちの父と母の愛を思い出してくれればそれで好い、唯それだけでも、私は充分報いられるだろう。

大正九年十二月十七日夜、此の稿を了えて

野村長一　誌

淳子、一彦、瓊子、稔子　へ

出発　大正九年三月二十九日
帰郷　仝　　四月五日
住所（当時）東京府下北豊島郡高田町字雑司ヶ谷亀原一番地
故郷　岩手県紫波郡彦部村大字大巻
一行　野村長一（三十九歳）、ハナ（三十三歳）
　　　淳子（十歳）、一彦（八歳）、瓊子（五歳）

午後一家は土産をもって良ちゃんの家に出かける。自分の家の田んぼを通りぬけ、彦部大橋、藪、小学校を子供たちに案内した。…略… 学校は取り払われて、一面に青い麦畑になっている。それかと思う生垣の俤は、ほんの少しばかり残っているが、堆肥を入れるらしい小屋らしいものの外には殆ど何も残っていない。

胡堂一家（大正15年　後列右から、長男一彦、胡堂、長女純子。前列右から、次女瓊子《けいこ》、三女稔子、ハナ）

十八年前私がハナと最初にあったのも此処、十七年前最初に話したのも此処であった。それから続いて毎年の夏、にぎやかな同窓会を計画して、二人は互いに知り、互いに許して、一生を共にする事になった。私たちのためには思い出の深い小学校のあとも、今は淋しい麦畑になって仕舞ったが、初めて逢った二人は、今三人の子の親になって、斯う手を曳きあって帰ってきたのだ。…略…

（「十八年前・十七年前」というのは、「二十八年前・二十七年前」ではなかったのか。胡堂が十一歳・十二歳で六年生、ハナ様は早生まれだから、五学年違いの小学一年生の年齢になる。）

因みに当時のソニーの株価を抜粋してみよう。初回の一万株売却は昭和三十七年である。

ソニーの株価推移（昭和三六年～昭和四三年抜粋）

昭和三六年

月日	寄付	高値	安値	終値	
1・4	四八〇	四九二	四七七	四九一	前場
2・1	五二九	五五五	五二九	五五五	前

3・・1	六二二	六三一	六二二	六三〇	後
4・・1	七九五	八二五	七九五	七九五	後
5・・	七七六	七八〇	七七五	七七五	後
6・・1	七〇〇	七〇五	六九六	六九八	後
7・・1	六九二	七〇三	六九二	七〇二	〃
8・・1	七一五	七一七	七〇八	七〇八	〃
9・・1	六七八	六八三	六七八	六八三	〃
10.・・1	七一〇	七二六	七一六	七二〇	〃
11.・・1	六三六	六四五	六三三	六三八	〃
12.・・1	六四八	六五〇	六四五	六五〇	〃
昭和三七年					
1・・4	七四五	七五五	七二五	七五五	前場
2・・1	九一〇	九一二	八九〇	九〇〇	後
3・・1	七九五	七九八	七八五	七八五	後
4・・1	七七六	七七六	七六九	七七〇	後
5・・1	七七六	七七六	七六九	七七〇	後（初回、一万株売却）

6・・1	七四三	七五〇	七四三	七五〇	後
7・・1	七一四	七一五	七一二	七一四	後
8・・1	六八五	六九〇	六八五	六九〇	後
9・・1	七一〇	七一五	七〇八	七一五	後
10.・・1	六九五	六九九	六九四	六九九	後
11.・・1	七四八	七四九	七四〇	七四五	後
12.・・1	七三〇	七三五	六九五	七〇〇	後
昭和三八年	省略				
昭和三九年	省略				
昭和四〇年					
1・・4	三二二	三二三	三二一	三二三	前
2・・1	三二一	三二一	三一九	三一九	後
3・・1	二九五	二九七	二九五	二九七	後

4・1	二八四	二八四	二八二	二八四	後
5・1	三〇二	三〇二	三〇〇	三〇〇	後
6・1	二八五	二八五	二八四	二八五	後
7・1	二七二	二七三	二七〇	二七三	後
7・7	二七〇	二七二	二六九	二七二	後
7・13	二六八	二七〇	二六七	二六九	後
7・15	二六一	二六三	二五八	二六二	後
7・26	二五二	二五三	二五一	二五二	前
7・26	二五四	二五七	二五四	二五五	後
7・27	二五八	二六四	二五八	二六四	後
8・1	二七八	二八一	二七八	二八一	後
9・1	三二二	三二三	三〇五	三〇五	後
10・1	三三六	三三九	三三三	三三八	後
12・1	四〇四	四〇七	三九八	四〇四	後
昭和四一年					
1・4	四八〇	四九二	四七七	四九一	前

2・・1	五五八	五七〇	五四四	五七〇	後
3・・1	六二二	六三一	六二二	六三〇	後
4・・1	七九六	八二五	七九五	七九五	後
5・・1	七七六	七八〇	七七五	七七五	後
6・・1	七〇〇	七〇五	六九六	六九八	後
7・・1	六九二	七〇三	六九二	七〇二	後
12.・・1	六一八	六二〇	六一六	六二〇	後
昭和四二年					
1・・4	六三六	六三七	六一九	六一九	前
6・・1	六八二	六八四	六七一	六七五	後
12.・・1	七二〇	七二五	七一七	七二三	後
昭和四三年					
1・・4	六六〇	六六一	六三四	六三四	前
6・・1	一一二〇	一一二三	一一〇〇	一一〇〇	後
12.・・1	一三二一	一三二一	一三一〇	一三一八	後

八〜(4)　やはらかに柳青める　胡堂の愛唱する歌は

先ず、俳句に興味を抱いていた野村胡堂氏に、最も愛唱した短歌を挙げなさいと言われたとき、頭をよぎる歌は「やは《わ》らかに柳青める…」左の歌①であると答えたであろう。啄木の借金魔の第一の犠牲者になった胡堂氏ではあるが、それはそれとして、歌人・詩人としての啄木の天賦の才能には、心から敬服していたのであった。

啄木の歌　『一握の砂』より

① やはらかに柳あをめる北上の岸辺目に見ゆ泣けとごとくに　（煙　二）

② ふるさとの訛なつかし停車場の人ごみの中にそを聴きにゆく　（煙　二）

③ ふるさとの山に向ひて言ふことなしふるさとの山はありがたきかな　（煙　二）

④ 東海の小島の磯の白砂に我泣きぬれて蟹とたはむる

⑤　頬につたふ涙のごはず一握の砂を示しし人を忘れず
（我を愛する歌）

⑥　はたらけどはたらけど猶わがくらし楽にならざりぢっと手を見る
（我を愛する歌）

石川啄木には、あまりにも有名な短歌が沢山ある。学校で教えられたものだけでも、歌人の中では最も多くの歌を、数えることが出来るのではなかろうか。それだけ啄木の歌は、日本人の生活に溶け込んでいるものと言えよう。また短歌を「三行書き」形式で、詩そのものの持つイメージを持たせて表記する、啄木の独特な表現法を作り上げたのである。

啄木の私生活という事になると、歌人・詩人という側面だけでは判断できない、人と人との繋がりで、周りの友人・先輩らに大変な迷惑をかけ通したことでも有名である。

出身は岩手県南岩手郡日戸村（現在：盛岡市日戸）で、一八八六年（明一九）二月二〇日に生まれた。本名は「石川一」、三人の姉妹がいる。姉・サタとトラ、妹・ミツである。

父は曹洞宗の常光寺住職から、現盛岡市渋民の宝徳寺住職に転任したのが、啄木一才の時であったと記されている。胡堂は明治一五年一〇月一四日生まれであったから、三学年の差、三才半ほどの違いという事になる。

ところが啄木は、普通より一年早い五才で渋民尋常小学校に入学した。にもかかわらず、学年では成績がトップであった。そのまま首席を維持し、十一歳で盛岡尋常中学に入学した。啄木にとって、同学年の者達とは話しても会話がかみ合わないし、面白くない。故に上の学年の人達と親交を持ちたいと願う事になる。

その中学には、二学年上に、金田一京助・野村胡堂・岩動露子・安村省三（報知新聞記者・新渡戸稲造の甥）・田中館秀三（東北大教授）・田子一民（衆院議長・農林大臣）・及川古志郎（海軍大将・海軍大臣）他、そのまた一年上級の先輩たちを含め、錚々たる人物たちがいた。

特に、啄木にとって中学時代、野村胡堂・金田一京助には、文学について深い影響を受け、文学研究会などで一緒にいることが多かった。故に、のちのち身の上相談・借金などについても、この二人の先輩に援助を要請することが、一番頼み易かったものと言えよう。胡堂は都合で一年留年しているから、啄木とは一年しか違わないことになってしまう。啄木は、先輩の胡堂を君付けで呼ぶようになるのである。当然、胡堂の友である金田一をも同僚の友としての呼び方をするのであった。

このころ啄木は『明星』を読んで、短歌の与謝野晶子に心酔していた。

金田一京助が二高に入り盛岡を去り、次の年、胡堂が東京に出て一高に入ると、すかさず石川啄木も中学校を中退して、東京に出てきてしまう。ここに胡堂の世話になりながらの生活が始まる。胡堂は「中学ぐらいは出ていないと、後で困ることがあるよ」と、石川啄木を説得し、神田・文京区の中学校を連れ歩いたが、残念ながら転入の為の空きがなくて、中学卒業は諦めざるを得なかったという。

しかし、先にも触れたように、あれほどの特別な才能に恵まれた人に対して、社会の枠にはめるための学校教育など、全く無用であることを、教育者でもあった野村ハナ様はつくづくと感慨深く語っておられたことを思い出す。

石川一（啄木）は中学時代に、短歌の会「白羊会」を結成した。明治三四年（一九〇一）十二月から翌年にかけて友人とともに『岩手日報』に短歌を発表し、啄木も「翠江」のペンネームで掲載された。これが初めて活字となった石川啄木の短歌である。

翌年、十一月九日、雑誌『明星』への投稿で繋がりのあった新詩社の集まりに参加、その翌日、与謝野夫妻宅を訪問した。そのころ石川一は、歌作りはしても、生活していくための仕事（出版社への就職）はうまくいかなかった。そんな折、結核の発病もあって、明治三十六年（一九〇三）父親の迎えもあり、故郷に帰ることになる。次の年、五月から六月にかけて、『岩手日報』

に評論を連載。十一月には『明星』に再び短歌を発表し、新詩社の同人になった。このころから「啄木」のペンネームを使い出すのである。十二月には『明星』に啄木名で「愁調」を連載し、歌壇では注目されることになる。

これらが石川啄木の初期のころの行動であるが、二十代後半で結核によって命を失うことになる当人の姿を、つぶさに見ていた胡堂先生並びにハナ様は、その才能が中途半端に失われてしまったことを、深く嘆くのであった。

ただ、中学時代からの親友であった金田一京助氏からも色々聞いていたが、借金魔・啄木の女遊びには、胡堂もほとほと愛想が尽きていたようである。

特に、石川啄木の女遊び・女性観について考える時、お互いを愛し尊重し合って、人生を全うした胡堂・ハナ夫人とは、異なる世界が作り上げられていたものと言える。それが一体何に起因するのか啄木について、生まれてから成長する過程での、環境などにも眼を向けてみなければならないであろう。

いずれにしても啄木は、いくらかの現金が手に入ると、すぐ遊郭に眼が向いたようで、ローマ字表記で書かれた日記には、日々淫らな誘いの声に満ちた街へと向いてしまった様子も書いてあった。それでいて、次のような歌を作っては自分の立場を繕う事も忘れない。

友がみなわれよりえらく見ゆる日よ
花を買ひ来て
妻としたしむ

「三行書き」する啄木（「一握の砂」）より

ある研究者は「自分の甘さや弱さを、平然と人前に晒けだせる人間性が、啄木の最大の魅力だ」とも、語って居られたようである。しかし「自分の甘さ・弱さをさらけ出す」などの意識すら、啄木にはなかったのではないのかとも、受け取れるが如何であろうか。そんな夫・啄木に対して、節子夫人はどう感じていたのか。

九、あらえびすの三道楽、レコード・広重・武鑑の収集

九〜(1)　妻は「まあ！ 楽しみですわ」と夫を支える

レコード約二万枚、武鑑三百冊の収集は大変なものである。絵画、特に版画の広重三百枚とともに、個人が集めた量としては、他の追随を許さないのではないのか。それも太平洋戦争前の事だといわれている。

（武鑑＝江戸時代に書かれた大名等武家の氏名・石高・俸給・家紋などを記した紳士録）

これだけの収集という事になると、新聞社から毎月もらう給料では生活がやっていかれない事にもなってしまう。家庭生活の崩壊ということも考えなくてはならない。しかし、妻ハナ様は、「まあ、今日は何をお求めになりまして？楽しみですわ」と、夫の行動を支えてあげる一言を忘れない。すると夫・長一は収集の意欲が増してくることになる。

或る時など、十字屋と名曲堂への支払いで、新聞社からもらった月給は飛んでしまう事もあったと胡堂は追憶し、そんなときでも、一ペンも妻は不満顔をしなかったと、三十年も続いた愚かしいようなレコード収集について語り、収集できたのは、妻の力だと言っておられた。家庭生活に支障が出るという事になると、当然、妻ハナ様が稼ぎに出ようという事になる。

このことについて、胡堂は次のように振り返っている。

「私の情熱はレコードに燃えた。が、そのころ私は報知新聞の一記者で、まだ小説というものを書く意志もなく、月々の収入は百円を僅かに越すに過ぎなかった。その乏しい収入の中から……いやその乏しい収入の羽目を外して私はレコードを買い漁ったのである。月末のレコード屋の払いは殆ど例外なく月給の額を超えた。三、四人の子供をそだてながら、どうして食っていけたかと疑う人があるかもしれない。甚だ恥ずかしいことだが、これは懺悔の積りで記録しておく……実はその頃、女学校の教師をしていた女房のささやかな俸給が、我が家の全家計を支えたのである」と。

当然、このようなことから、子供たちも音楽に魅せられることになる。

そのような音楽を愛する家庭環境で育った長男の一彦氏がチェロを弾き、友人・前田陽一氏（父前田多門）はフルートを、松田智雄氏がヴィオラ、前田美恵子さんはピアノを弾いて、室内楽を楽しむことが繰り返された。

野村ハナ様の逝去後、松田家に訪問した時、応接間にチェロが置いてあったが、故一彦氏の父・胡堂が松田智雄氏に贈ったものであったことが知らされた。松田家に嫁いだ次女・瓊子の他界後、三女・稔子さんが嫁がれ、一男一女の母となられていた。

あらえびすは、レコード・武鑑・広重収集を三道楽と称していたようである。

レコードについていうと、あらえびすは神田を中心に中古レコードを収集していたが、考えてみると、大正時代、あらえびすが収集活動に入る以前に、日本人がよくもこんなにも、クラシック音楽を、レコードによって享受していたものと驚かざるを得ない。

あらえびすは、神田の丸善裏の名曲堂で中古のレコードを手に入れる事が多かったという事である。そこで入手したレコードをもとに、『楽聖物語』や『名曲決定盤』を執筆しているわけであるから、それまでにどんな選ばれた階層の人々が、このようなレコードを聴いていたのかが、興味深く知りたい事として残ってくる。

あらえびすは、レコード収集での著作を始める前に、大沼魯夫《おおぬまろぶ》の『名曲解説』に接していたのであった。

大沼は、あらえびすより十五歳以上年長ではあるが、郷里が盛岡と日詰であり、二人はほぼ同じところで生まれ育っていた。

『音楽は愉し』には、大沼魯夫氏とのやり取りが載っている。

胡堂が「大沼さんの生まれは何処ですか」と聞くと、

「盛岡ですよ、あなたと同じように」とこともなげに言うのである。実は私は、大沼さんを北海道の生まれのように思っていたので、これは全く予想外な廻り合わせであった。

「私の生まれは盛岡の南、日詰の在ですよ」というと、大沼氏は、

「私は若い時分に日詰に行ったことが有ります。外人の宣教師を連れて」

というのである。

「それはいつ頃のことですか」

「五十年以上になりますよ、まだ汽車が通じなくて盛岡から人力車で行ったんですから」

「希臘教（古代ギリシャの宗教）の宣教師で、男二人と女一人の一行じゃありませんか、日詰の信者のHとかいう家へ車を付けたでしょう。日詰はその日丁度お祭りで……」

「その通りですよ」

「するとあの外人について来た若い日本の青年は?」

「それが私だったのです」

何という事だ、私はあまりにも不思議な奇遇に、世界の狭ささえ感じたのである。

それは明治中年頃日清戦争のずっと前、……東北鉄道が仙台辺りまでしか通じなかった頃、日詰という人口千五六百の小さい町へ、開闢以来始めて紅毛碧眼の外人が来たというので、まだ小学校へも上がっていなかった私は、母親や親類の小母さん方に連れられて、見物に行っ

たことを記憶していたのである。

町はお祭り騒ぎで、子供心には怖いような人込みであった。紅い髯を持った男の外人と大きな裾を持った細腰の女外人の通弁をしている紅顔長身の日本青年は、当時の私の眼に魔術者のように見えたが、それが後年の大沼魯夫氏だったことは、もはや毛程の疑いも挟むべきではない。レコード道の大先輩大沼魯夫さんと逢ったのは、今度が最初であったが、人間としての大沼魯夫氏（本名大沼竹太郎）には、実際二度逢っているわけである。

大沼魯夫氏との会話は、子供心に希蠟教の宣教師一行を興味深く見ていた胡堂（長一）の姿が目に浮かぶようである。その上、始めて青い目の外人を見たという事と、日本の青年がまるで魔術師のように通訳をしていたという事で、印象深くこの日の事を記憶にとどめていたのであろう。

その大沼魯夫さんが、レコード収集をし、『名曲解説』の書を表すことでは、胡堂・あらえびすの収集と著作についての、先輩にあたることになるのである。

九〜(2) 安藤（歌川）広重絵の収集

武鑑の収集は、後の『銭形平次捕り物控』を書く上で、大変参考になったものと言えるし、この武鑑の収集があったからこそ、『銭形平次』にたどり着いたとも考えられる。

ところで、あらえびすの言う三道楽の中での広重絵収集については、広重本人について述べておく必要があろう。

広重の幼名は徳太郎、十四才の時、重右衛門と改める。寛政九年（一七九七）〜安政五年（一八五八）の浮世絵師であるが、十三歳の時、母親を亡くし、翌年父親を亡くす。家職の八代洲《やよすがし》河岸火消同心を継いだが、画家志望をあきらめきれず、文化八年に歌川豊広に師事、翌年歌川広重と称した。別号は一遊斎・一幽斎・一立斎・立斎ともいう。

後に狩野派、南画、四条派、西洋画法も学ぶ。天保三年幕府八朔御馬献上《はっさくおうまけんじょう》の一行に加わり東海道を旅する。この時写生した道中の風景、風俗をもとに翌年以降『東海道中五十三次』五十五枚を発表、出世作となる。

その後、『京都名所』『浪花名所図会』『江戸近郊八景』『木曽街道六拾九次』『名所江戸百景』などを出版し、風景画家として名声を博す。花鳥画・肉筆画も優れており、門人も多く、広重の名は三代まで続いたという。その経緯を追ってみよう。

文化九年、彼は歌川を名乗る事を許され、「広重」の号を貰い「一遊斎」と号した。

文化十五年二月、序文の狂歌本「狂歌紫の巻」中巻に、一遊斎の絵があり、これが広重の処女作と言われている。そして美人画の揃い物「風流五ツ雁金」「傾城貞かがみ」他を書いている。この文政元年は広重が作画活動を開始したころとみられる。

文政四年、二十五才の時、同じ定火消同心の岡部弥右衛門の娘と結婚した。同六年、二十六才の時、養祖父安藤十衛門に生まれた嫡子仲次郎に家督を譲った。文政十一年頃、大岡雲峰に南宋画を学んだ。天保二年頃、一幽斎に改め、一幽斎がき「東都名所」を発表。これが広重の風景画の本格的作品の初めてのものであった。

そして、先にも触れたように、公儀の内命で、八朔の御馬進献の一行に加わり東海道を京都へ上り儀式の図を描いて献上した。この旅行によって、広重の画嚢は豊かなものとなり、「東海道五十三次」の続絵が生まれることになった。天保四年から出版されたとみられる「東海道五十三次」（仙鶴堂、保永堂合版。後の保永堂）は広重の名を一躍知らしめることとなった。

広重の妹サダの夫、小石川西信寺の住職・了信との親交が始まった。この了信は、天保六年には、現在の横浜小机町泉谷寺の住職となった。広重の肉筆画と言われる同寺杉戸の絵が残されているのも、その親交があっての事である。

またこの時代に風景画の力作を描いている。

天保十二年四月に甲州へ旅行、甲府に道祖神祭の幟・幔幕・襖絵などを残し、その風光の写生をしている。天保十年に妻を亡くしていたが、十三年に後妻お安を娶っている。そのころ画号も立斎と称すようになった。

天保十五年には房総旅行、弘化二年には陸奥安達百目木などに旅行・滞在した。嘉永四年頃、出羽天童藩の依頼で多くの肉筆画（世に言われている天童物）を描いた。

安政三年、六十才の時から晩年の大揃物「名所江戸百景」を刊行しはじめ、これが完結したのが安政五年十月で、広重の没（九月六日）後であった。死の一年前、風景画の大作「阿波鳴門之風景」「木曽路之山川」「武陽金沢八勝夜景」の雪月花三部作を発表している。

九〜(3) 武鑑（現代の紳士録・ガイドブックの役割）

江戸時代になって、多くの武士が都市に集まるようになってきた。町人たちにとって、それらの武士・武家と取引を行う必要性が生じてきたのである。そこでそれらの武家を判別するために武鑑が民間の本屋によって編集・出版されるようになった。武鑑はそのための実用書であるが、それだけでなく、都市を訪れる人々にとって、ガイドブックの役割をも果たしていた。

諸大名や旗本に関する職員録のような年鑑と言える。『正保武鑑』（一六四七）などの外に『江戸鑑《えどかがみ》』が出版されたという。

利用者の便宜のため、見やすいようにも工夫もされた。大名を記載した大名武鑑、旗本を記載した旗本武鑑など様々なものが出版された。

大名の姓・武家の当主の名前・本貫地・系図・家督相続年・官位・家紋・石高・役職・内室・城地・格式・駕・幕府への献上品・船印・屋敷地・菩提寺・行列の指物・家老・用人・江戸から居城までの道のりなどが記された。一年ごとに出版がなされ、編集は、民間の版元が行っており、江戸・京都・大阪で出版が行われた。後に毎年改定されたという。

販売方法は、書店のほか、武鑑売りの行商人までもいたとのことである。

武鑑の利用方法の第一は、実用書としての物であった。御用商人にとっては、献上品の入用など、様々な情報を得ることが出来た。武家にとっては、紋所などで識別し、相応の対応がとられた。又、相応の対応を取るための情報源となったのである。

江戸中期頃から須原屋茂兵衛が独占的に販売を始めた。須原屋は貞享・元禄頃から出版を始め、『武鑑』『江戸切絵図』を主力商品として商った江戸最大の書物問屋であった。日本橋一丁目にあった店は江戸へのお上りさん（観光客）の見物で一杯になったという。

現在、コレクションとしては、森鴎外の鴎外文庫（東京大学総合図書館蔵）、野村胡堂収集の野村本（東京大学史料編纂所蔵）、幸田成友の幸田文庫（慶応義塾大学図書館蔵）が知られている。

十、父長四郎からの手紙を中心に（若い時代の長一）

十〜(1)　週一回、または十日に一回のペースで出す父の愛情の書簡

『父の手紙』八重嶋勲著より

毎週のように出している父から長一への愛情の手紙を、ほんの一部抜き出してみることにしよう。父からの手紙は、漢字と片仮名による候文で書かれている。一例を挙げると、

前畧本日午后八時三十分山形市着旅篭町會田源左衛門方ニ投宿致候。
明日早朝ヨリ會場閲覧明後日市中見物多分十二日当地出立帰国可致候、右安着通報迄、
早々

野村長四郎

五月八日

野村長一　殿

となる。現代文で書き直すと次のように読める。

(山形市からの葉書で、本日午後八時三十分山形市旅篭町會田方に着いた。明日早朝から展示会場を閲覧し、明後日市中見物し、多分十二日当地を出て、帰宅することになる。右無事着いた知らせまで　草々)

父の心の動き・変化をとらえてみよう。野村長一（胡堂）の変わらぬ心に対して、父長四郎はいくら説得しても、長一が子供の時から決めた結婚相手、橋本ハナに対する気持ちは、てこでも動かすことが出来ない。同様に橋本ハナもこの人と決めた相手を決して変えることはない。しかし、父長四郎は、親同志決めた結婚相手を家に招き入れることになる。

十〜(2) 父が決めた長一の許婚者キクエが野村家に

明治三十四年十月十五日　　父　長四郎から長一へ

農事は稲刈りの真っ最中。さて、キクエ（長一の許婚者）の事であるが、良く務めていることは言うまでもない。ついては来る旧二十九日頃に婚姻式（結婚式）をしたいと思っている。最初の相談では向こう三年後であったが、先方においても早く挙行して何分安心のできるようにとの話もあり、長一の婚姻の事ばかり言っている。……しかし、長一にとって、どうにも我慢しきれないことがある。親同士が決めた許婚者が、もう、実家に来てしまっているのだ。……長一の盛岡中学時代の学友、原抱琴・猪川箕人・岩動露子等にこの意に添わない結婚について苦衷を打ち明け、色々相談していたというのが、彼らとの書簡に出てくる。

そして、長一には、小学校時代から思いを寄せる六歳下の橋本ハナがいた。

十〜(3)　学科は医学に限る……と父

「学校を選ぶのは任せるが、学科は医学に限る。大学はかねてより望むところだ」と父は言う。長一は文科を主張し、折り合いがついていない。浪人二年後の明治三十七年九月、第一高等学校に入学するが、母親のアドバイスもあり、中間をとって法科を目指すことになる。ハナは早生まれであるから、長一とは五年違いという事になる。

正岡子規は明治三十五（一九〇二）年九月十九日に死去。後年、「俳人子規の死」がある。（因みに、子規は一八六七年生まれ、享年三十五才であった。）

明治三十六年六月二十八日付

「前略愈々無事勉学罷在候由大慶ニ候…」の手紙文については、次のように読める。

「前略いよいよ無事勉学しているとのこと大慶である。……金策に困難しているため、送金が意のごとくできないでいる。取り敢えず今回四円送金するので、なるべくは来月分に持ち越し、次回に二、三円で間に合わせるよう、努めて節倹するように。余は万々後便に申し残す、草々」

明治三十六年十二月二一日付　　野村長一発

岩動康治（炎天）宛

已に原兄（抱琴）・柴兄（浅茅）よりお話被下し事ならんが僕は、今回試験に失敗仕候、而し僕の失敗を国の両親兄弟ゝ知らする事有之候ため両親兄弟、盛岡の知人等へ皆及第したりと知らせ置き候へば、貴兄に於いても何卒僕を御助け被下度。

これのみは貴兄に対して一生のお願いに候、決して失敗したりとは御言ひ下さらぬ様、伏して願上たてまつるにて候。……失敗したりと有りのまゝに御知らせ申せしは、柴・原の二君と貴兄とただこれのみに候。（以下略）

次期試験には絶対に合格する自信があるので、今回の不合格はひた隠しにしたいというのであった。

明治三十七年三月十四日

随筆集『胡堂百話』の「画家になる夢」で、次のように述べている。

「人間一生に一度くらい、滅茶苦茶の糞勉強をする期間があってもよいと、私は信じている」

と言っている。繰り返し父の手紙での勧勉激励が、すっかり長一の身に付いたものと言えようか。

ただ父は、三月二十日の手紙でつぎのようにも述べている。「入学した学校にも通学せず、下宿屋にただ居て、好ましくない人々と交際し、無益な時間と学費を費やしている」長一に対して、父長四郎は厳しくも激しい口調で手紙をよこす。それもその筈、父の金策の苦しみが、これからますます酷くなっていくのである。

この窮状を、弟の耕次郎は手紙にしたためたが、現金送付の方法が解らないでいるとき、父が手紙の中身を見て、弟の意思を知らせるために弟の手紙を同封してきた。

「弟からの手紙」は次の通りであった。（写真参照）

拝啓　先日兄上よりきたる手紙をきゝたれば、金三円ばかりをこ《お》ず《づ》かい《ひ》銭にするから、送り下さいと云ふ手紙は、父の所にきます《し》たから、私もかなす《し》くを《お》もいます《し》て居りますたから。私は、桑を毎朝、一貫目ぐらいず《づ》つを、売りたる、金二円ばかりありますから、それを父にかくして、あげますから、わづかなれども上げますから、御つかい《ひ》下され度候、今日は五月の四日、すなわ《は》ち、せっくでありますから、東京の方もを《お》さかりでありませう、　草々

明治三十七年五月四日　耕次郎

長一様

という文面であった。

温かい兄弟愛の感じられる内容である。まだ年端も行かない弟が、桑の葉を売って得た僅かな蓄えを兄に使ってくれと贈ろうとする。送り方が判らずにいるとき、父に見つかり、弟がどのような気持ちでいるのかを、父が伝えてきたものである。

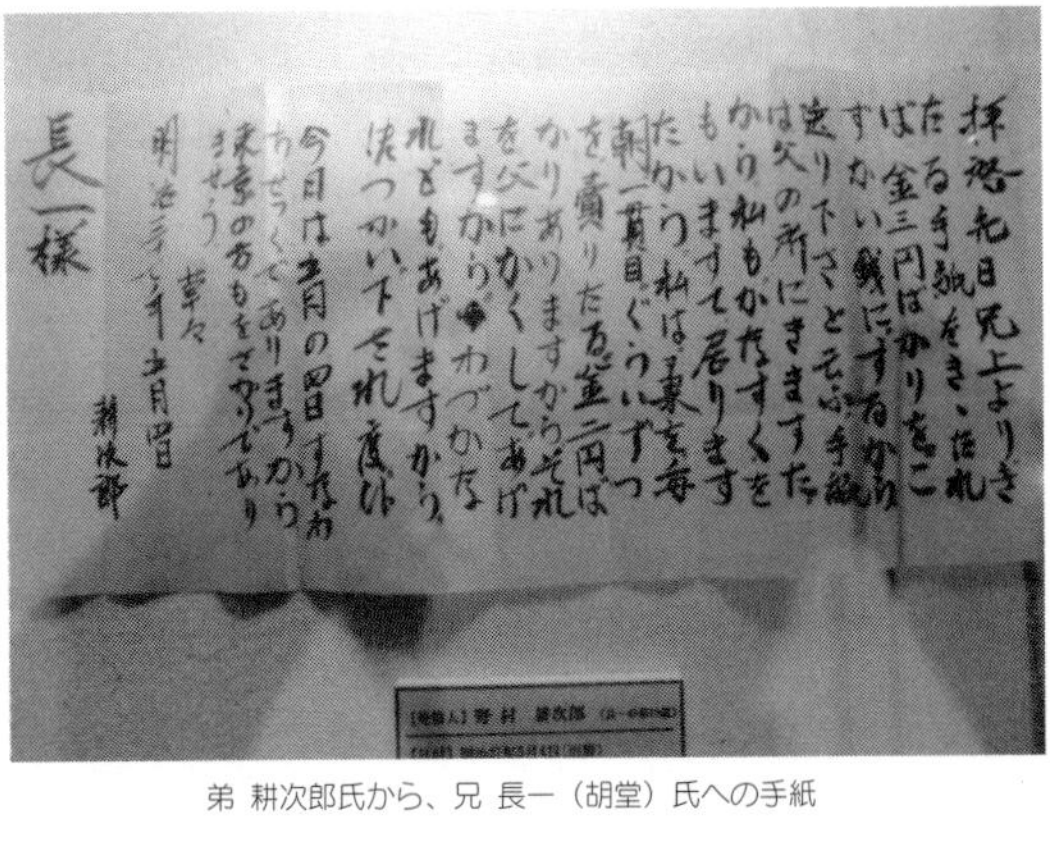

弟 耕次郎氏から、兄 長一（胡堂）氏への手紙

◎　第一高等学校時代（明治三十七年～四十年）、長一、二十一才～二十四才。

父親から手紙があるときは、長一の浪費を叱責するものであることが殆どである。筆まめな父で、通常は週一回のペースで、書簡を長一に贈っていることが多く目に付く。

「前略過般申し越しの金二十円を本日、今午前八時三十分電報為替で送金した。前にも言った通り、今金策がとても容易でない。今更あえて繰り返し申す必要もないだろうが、お金の使い方を見るに前後にすべきもの、また間に合わせできる品などがあるように見える。実に今回の金策の困難などは名誉もヘチマもない、社会のルールも無視したような苦心惨澹。尚一層お金の使い方に注意をしてもらいたい……」。

○九月、東京第一高等学校の試験に見事合格した。

明治三十八年五月二十五日付　父より長一への文面の中で、

修行中は一身の事、家事上の事と種々な変化もあるだろうが、百難を貫き、死しても良いという覚悟で奮発せよ。実は財産を半分以上売ってしまった今日如何とも仕方がない。学術の目的を達するのを待って一日も早く安堵の日のあらんことを願っている……。

村長選挙をめぐって、息子に学費を続けておられるのは、役場の金を使い込んでいるからではないのかなどと、反対派が岩手日報に働きかけ、三回も中傷的な記事が掲載されたという。しかし、もともと無実だから、郡長や県庁では全く不審に思っていない。よって長一に、安心するように報告している。父長四郎は「家政困難な折ではあるが、学業達成のために、死ぬ覚悟で奮起せよ」と激励しているのである。

明治三十九年十月三十一日

父が決めた長一の妻・キクエについて、「キクエは朝四時頃から起き働いているのは実に不憫である。近所ではそれを誉め、他に得難い若妻であると称賛している。このキクエを慰めるためにも折々手紙を出すようにせよ。余は後便に申し残す、草々」と言っている。

キクエを貰い受けたのは、婚姻させる以外に理由がある。一は、亡妻の血縁、一は、農業を働かせて学資を作る為である。長一は今の家の内情を知らないのか。起居も人手を頼む七十八に、八十三の高齢者あり、二人の幼児がある。家の中の事は母一人で行うため、外の農事を働くことが一切できず、明け暮れキクエが一人で鍬頭となって、その得たところの収穫、ことごとく学資のために投尽し、余すところ一厘一毛なし。かえって年を追って借金を増し、目下のところ六百円以上に達した。これに加えて◎◎百五十円ばかり費消している。一朝破れるときは、われ永く鉄窓幽閉だろうと心傷している矢先に、かくのごとき、手紙には我生命が止まるほどに苦しい。

（◎◎は、ここでは公金か？　父長四郎は、村長であることから）

このあと、橋本ハナについて、父は次のように述べている。

そのうちに橋本ハナは、妾として置くのも良いだろう。私生子を認知するのも良いだろう。これまた悪法をもって心付けるは親たる者のするべきことではないが、目下の窮状如何ともやむを得ない所である。キクエに農事を一任していればこそ、われ村長もし、学資も作り、とにかくこれまでの生活もしてきた。年がら年中、屋号門田の類族の世話を受ける事一方でない。これがキクエを長一の要求のごとく離婚したならば、農事全体を人手に託すものとすれば、到底費用のみで収入が減り、どうにもならなくなる事は勿論、近隣皆敵人となって、村長などを勤めるなどは、夢想だに出来ないことはもちろん、世間は我ら一家の不徳を論う事は目に見えるばかりだ。

我ら何の面をもって離縁を申し込むことが出来るや、よくよく推察するべし。そうでなくてさえ、当春当地にどちらからかの風説であろうか、一説では「野村長一は屋号柏屋の橋本ハナと夫婦の密約があり、そのうちに長一が卒業。折角家業を働かせ、学資を作らせて、そして離別するだろう」という説が盛んに起こっており、しまいに屋号門田の親族の耳に入り、キクエが伯母の家に行き、愍然涕泣して二時間余り伯母と二人で泣いたという事があったと、畑中の母から密かに告げられた。甚だ気の毒であり、かつその心情堪えられないほど残念に思い、母まつゑと相談して、キクエの実家、日下善作方に行き、種々陳弁した。

屋号柏屋の橋本ハナのごときは、三代○○者が出た血統であり、キクエも承知しているので、決して世間の風説に止まり、無実のことであると明言して打ち消し、かつ偽言にあらず、屋号柏屋（橋本）一家の血統は余りに○○が高く、三代○○の出たことは、世間が承知していることで、これまで学問した長一もきっとそうであろうと世評一時に取り消え、先の父母も何の話もなく、キクエは帰家して以前に異なる事なく働いている。かくのごとくなる内部の事情のあるキクエを離縁するときは、いよいよ世間では、悪徳を論うだろうから、我々もこの地に居住するのは心苦しく思える。


七年間も労働させたキクエを離縁せんとするには、少なくとも百円も添え、衣類は残らずくれてやるべきであるが、その金策は勿論、大学が終わるまでの家政、学資、次の子供らの養育、学資、どのようにしたら良いものや。大学卒業後に、キクエに対する契約などの告げ方は、世間これを実とするものがあるだろうか。

もし、止むを得ない時には、不徳と知りながら、残酷と知りながら、大学が終わるまでのように継続し、夫婦睦みいるよりほかに途がないだろう。

それとも海軍主計志願の目的のため、表面だけ離婚させるとするならば、当夏帰郷の暁に直接その事柄を申し込み、後日、また利用をする時期もあるだろう。どの道キクエは憐れむべきで可哀そうである。同人も人の子である。同情を表し双方無事に生活を送る途がない家のため、われらは頼むところである。………。

繰り言ながら、キクエの離縁の事は一朝一夕に断念することはできないと考えていた。今度の夏休みに長一の帰郷を待って、とくと相談することにしよう。

前の手紙でも、薄々感じられた事であったが、この手紙で、長一に意中の女性、橋本ハナのいることが判明した。ついては、今の妻キクエの処遇に、父を始め、家族は大変な苦慮を強いられることになった。長一の妻となる橋本ハナは、紫波町彦部の屋号・柏屋、橋本亀太郎・タケの次女、明治二十一年三月十八日生まれである。

キクエは、紫波町大巻の屋号門田竈、日下善作・ユキの三女。長一が、盛岡中学四年生（明治三十四年十一月）の時、親同士の意向で形だけの結婚をした。この年は長一が中心人物の一人として、教師排斥運動を起こした年でもあった。

妻・キクエの離縁については、キクエ自身から身を引くらしいという風潮が伝わり、多分そうなるであろうという。それまでは表面を今まで通り装っているように。またキクエから、話が出てこないときは、こちらから断行しよう。いずれ夏休みの帰郷を待って相談しようという。そして、長一が肺結核であれば、野村家も断絶になる。借金の山で、僅かばかりの財産は全部なくなってしまうだろう、と悲痛であることを訴えている。

長一とキクエとの離婚の手続きが九月六日、正式に終わり、同月八日にキクエは百姓専業の人と婚姻したという。きっと父長四郎が、手を尽くし世話をして、婚姻を成し遂げたものであろう。親同士の許婚で、長一が盛岡中学四年の時に嫁いできて、それ以来六年間もの長い年月を、野村家の農業の働き手として、それのみならず、病床の老祖母の世話、家族の面倒を見てくれたことについて、心より感謝しなければならない事を、長一に諭しているのである。

十～(4)　肺疾患を克服して、ハナとの婚姻

また、橋本氏のような家柄で、しかも多能多才の処女を娶るにおいては、過分にしていささかも不足がないと述べている。家の幸福、何時か家庭の為、発展する時期があるだろう、末頼もしく思われると、すっかり橋本ハナが気に入った様子である。

そして、長一・ハナ夫妻が、将来東京に別居するとしても、あくまでも長一が野村家を継ぎ、弟耕次郎か章を分家の手続きを取り、野村家の墳墓を守らせようか、などとも考えているようである。

父・長四郎は、長一が帝国大学を一年間休学し、帰省して療養に専念すべし。婚約者ハナのことも今は考えないようにせよ。相手の様子によっては、ハナのことは断念せよ。などと、かなり苛烈な物言いである。まずは肺疾患の回復をしなければと念願してやまない父の心境がありありと現れている。

ハナの父・橋本亀太郎が亡くなり、ハナが電報で呼び寄せられ、臨終に立ち会ったという。その葬儀で父・長四郎は、彦部村村長として弔辞を読み上げたと記されている。

ハナの事について、父長四郎は、我らが壮健中に、世継ぎの初孫を見たいものである。同年配者が実に羨ましく思われる。長一とハナの関係は世間でも夫婦として見ているようだから、あえて隠す必要もなかろう。このように、父親の考えは変わってきたのであった。

橋本ハナとの婚姻が延びていることは遺憾であるけれども、本人の意志を全うするならば、少しも心配は無いであろう。柏屋・橋本家では、世間の手前、学生である事、長一の肺疾患を恐れたものであろう。健康体になれば、今時の婚姻は受け入れなければならないであろう。この手紙から、この婚姻については、橋本家からの承諾が得られないままに推移していることが判る。

この時、長一は二十五才、帝国大学二年。橋本ハナは二十才、日本女子大学校二年であった。(明治四十一年四月)

ハナとの婚姻の件は、橋本家の承諾を取るのは難しいであろう。理由は、長一が肺病患者であると思っているようであるからだと理解していた。しかし、全快が速かったので、父親でさえも、安堵する反面、半信半疑の状態でもあったようである。

このころ肺結核は国民病ともいわれており、いかに恐ろしい病気であったことか。第二次大戦後、蔓延したことがあるが、その頃になると、薬品で良いものが、次々と出回るようになってきた。パスであり、ヒドラジットなどである。

明治四十二年七月二十一日付　父からの手紙

「前略 目下諸学校ノ生徒、学生、高等、大学共一般休業 既二十日以前ニ帰郷シ、アルニモ不拘今ニ帰郷セサルハ如何ノ次第ナルカ……」

と、怒りをぶつける父、家政の窮状を告げ、一日も早い帰郷を促しておいたのに、かえって何らの申し越しもなく、家の事を全く顧みないのはいかなることか。きっと何か失態の理由あるのであろうと推察している。このようなことであれば、学資は勿論送金することはできない。至急、帰郷するべし。そうでなければ、その理由を知らせよ。当方から宿先、その他へ照会しよう。草々
という内容であった。毎年の事ながら、長一は夏休みになっても帰郷しようとしない。

父長四郎からの手紙は、この日をもって残されていないという。そして、翌明治四十三年八月三日、父長四郎は乙部村長在任中に急逝する。五十三才だった。

この前の三月には、父・長四郎は一人で上京し、某蕎麦屋の二階で長一とハナのささやかな結婚式に出席したという。その蕎麦屋には、金田一京助と長沼智恵子（後の高村光太郎夫人）の介添えで、もり蕎麦一枚の結婚式を挙げた。

野村家長男・長一に対する父性愛は本当に素晴らしいものであり、その筆まめなところが大作家・野村胡堂、及び音楽評論家あらえびすを生む土台になったものであろうと考えられる。

手紙は、明治三十一年十一月から、明治四十二年七月までの、十一年弱の内に、四百九十六通の巻紙・半紙の外に、一部にハガキもある。実に年間四十五通以上の書簡をしたためていたことになる。父・長四郎は村長在任中に、五十三才で他界されたようであるが、毎週息子のところに一通は、思いの丈を送ってあげていたことになる。ただ四十七年七月から、亡くなる四十八年八月までの一年間の書簡については保管が行き届いていないという。この点が本当に残念であるといえる。

十一、あらえびすの音楽評論　抜粋

バッハからシューベルト

レコードの音楽史的研究を考え、それを『バッハからシューベルト』としてまとめ上げた野村あらえびす（胡堂）の偉大さは、その書に触れてみないと理解できるものではない。当然、この種の書物は、世界に類を見ない大変な一大事業であったといえる。

収集したレコード二万枚の中から、数千枚をピックアップして、三年に亘って聞き比べ、約五百頁の書に纏め上げた労苦は、如何ばかりのものであったであろうか。それだけでなく、胡堂先生は、小説家として毎月六編以上のものを書いて、世に送りだしていたということであるから、どんなに能力があったとしても、その煩雑さは、他人には想像することすらできないものであろう。

昭和七年三月に当書は纏め上げたと記されているが、世の中は軍部の台頭で、戦争へと梶が切られていく中で、よくぞこのような書物が世の中に提供されたものと、今でも読者の一人として、「ラッキー」としか言いようのない心境になる。

これを一冊に纏めようと考える以前に、十二年間の連載をしたようであるが、ベートーベンの後半、およびシューベルトのリートに至っては、当時、読者の要求が熱を帯び、次第に詳蜜さを増して行ったようで、著者である野村あらえびすも「聊か自信の持てるものが書けた」と自負している。

そこで、『バッハからシューベルト』までについて、一体どのような内容のものになっているのか、書かれているものを後追いする形で、なるべく書物に書かれているままに載せてみようと思う。ただ、原書は五百ページもの書であるから、膨大なものとなっていることから、一作曲家について認知度の高い一乃至二作品を選び、それをどのように演奏家が捉え、レコーディングしたのか、あらえびすの判断を確認してみたい。

なお、あらえびすが、一人一人の作曲家の特徴を、どう捉えていたかという点に視点を置いて、名著『バッハからシューベルト』より抜き出してみようと思う。

十一〜(1)　バッハ［Johann Sebastian Bach］（1685~1750）

「音楽の父」であるヨハン　セバスチャン　バッハは、音楽史上に燦然たる時代を画したばかりでなく、我々レコード音楽ファンにとっても、極めて重要な、しかも親しみ多いコレクションの目標をなしております。バッハの音楽は、極めて理知的で、そのフーガやトッカータは、素人には伺い知ることのできない、複雑な手法を有しますが、それにもかかわらず、バッハの音楽は、何人の魂をも鼓舞し、何人の情緒をも揺り動かさないでは已まない、一種不思議な力を持っております。特にその音楽に盛られた荘厳、崇高、清浄なる感じに至っては、バッハ以外のいかなる人にも求むることはできません。

これは楽聖バッハのごとき人のみが持つ芸術の神聖とでも言うべきものでしょうか。とにかく、やや音楽を解し、特に古典に興味を有する人の殆ど全部が、バッハに傾倒しようとするのは、所以《ゆえ》あることであります。

（敬体文のところは、あらえびすの表現部分。筆者は常体文で表記する。）

という書き出しで始まる。そして、いくつかの項目に分けて紹介している。

平均率洋琴曲其他

ヴァイオリン

宗教楽と歌謡

組曲とコンチェルト

オーケストラ
雑
バッハ追加

などの順序で記されている。そこで、ヴァイオリン曲としてだれもが知っている曲をといらと、「G線上のアリア」が思い浮かぶ。そこで、あらえびすは、このG線上のアリアをどう紹介しているか、なるべく筆者の記した通りに書き出してみようと思う。

なお、現代漢字・仮名遣いに直して表記したほうが、一般には読みやすいと感じた箇所のみは訂正させていただいた。

例：何人《なんびと》の情緒をも揺り動かさずんば已まざる（L6）
　　→　何人の情緒をも揺り動かさないでは已まない
：ならないのでせう。→　ならないのでしょう。
：本當　→　本当
：言へぬ　→　言えない　　：思ひます　→　思います
：セロ　→　チェロ

G線上のアリア

　バッハのヴァイオリン曲で、恐らく「G線上のアリア」以上に通俗な曲はなかったでしょう。かりそめにもヴァイオリン曲に興味を持つ程の人で、この曲を知らない人も無かったでしょうし、この曲を愛さない人も恐らくあり得なかったでしょう。それ程この曲は普遍的に、私共ディレッタントに、親しまれ愛されているのです。ところで申すまでもなく、この曲はもともとヴァイオリンのために書かれたものではありません。二長調の組曲のアリアをウイルヘルムがヴァイオリンのG線だけで弾くように編曲したもので、簡朴古雅なうちに、何とも言えない愛らしさと美しさと、細やかさ、気高さを持っているのです。これは、バッハの偉大をもってして、始めて生み出し得る「偉大なるものの単純さ」ですが、この曲を生んだ手柄は、一つはまたウイルヘルムの編曲の優れた手腕にも帰しなければならないでしょう。

　この曲をひいたレコードは、想像以上に沢山あります。恐らく一々数え上げたなら、数十枚に上るでしょうが、電気以前で有名だったのは、簡明古雅なクベリックのもの（ビクターの十吋《インチ》）、豊麗なエルマンのもの（ビクターの十二吋）などであったと思います。他にドイツのグラモフォンへ入ったブルメスターの「G線上のアリア」は、ブルメスター自身の編曲したもので、非常に異彩のある面白いものですが、今は手に入れる見込みもありません。電気以降のでは、私の手許にだけでも、ブシホダ、エルマンとティボウの三通りありますが、気長に探したら、まだ一、二枚はあるかも知れません。

プシホダの「G線上のアリア」は、この人の本質に影響されて、極めて妖麗であるばかりでなく、電気の初期のレコーディングで、弱音器の効果が明瞭を欠いております。それに、伴奏のピアノが蓋を払って居るらしく、恐ろしい勢いでガン〳〵鳴り響くために、はなはだしくヴァイオリンの音を圧倒しております。（後にプシホダの入れ直したのがありますが、そんなに良くありません。）

その後日本ビクターから売り出したエルマンのこの曲は、美しさに於いては全く申し分ありません。特にこの人は、ボーイングの素晴らしい人で、持続音の豊かな美しさなどは、全く故ある哉と申すべきであります。

ところで私は、最近手に入れたＨＭＶ（ヒズ・マスターズ・ヴォイス）のティボー演奏の「Ｇ線上のアリア」を聴いて、再び驚きを新たにしました、エルマンも申し分なく美しいには相違ありませんが、ティボーにはまた別な境地があります。それはエルマンの如く豊麗ではなく、エルマンの如く大きい音ではありませんが、平明枯淡なうちに「単純なるが故の偉大さ」と「バッハの持つ神性」がみなぎっているのです。いずれを採るべきかは、その人々の好みに任せるとして、私はこの不思議なコントラストに、倦かず比較しては、二種の「G線上のアリア」を味わっております。

これはチェロの項に於いて言うべきですが、私はこの曲の本当の味は、反ってチェロに於いて見出されはしまいかと考えております。ウイルヘルムが曲をG線にアレンジしたのは、ヴァイオリンの技巧としては、世にも有難き試みであったには相違ありませんが、G線に限られた面白さはやがてG線に限られた不自由さであります。チェロのこの曲は、一向G線に限らず、寧ろD線、A線を用いるところに、表現の自由さがあるのでは無いかと思うのです。(これは私の素人料簡ですが)現に、カザルスの「G線上のアリア」を聴いて、私は常にその感を深くします。コロンビアの電気以前に入っている、あの曲の美しさについては、私は「珍品レコード」の中に極説しました。希くは、電気で更生して、私共喜びを新たにしてもらい度いと日ごろ念じて居るばかりです。

ホルマン老が健在だったころ、この曲をビクターの十吋に入れたのがあります。甚だ無感激なものですが、骨董としては幾分か値打ちがあるでしょう。電気でも沢山出ておりますが、あまりに通俗になりすぎて言うに足りません。ポリドールのボッタームンドなどは、あまり上手ではないまでも、その代表的なものでしょう。

十一〜(2)　ヘンデル［Georg Friedrich Händel］(1685~1759)

ベートーベンがヘンデルについて次のように述べている。

「ヘンデルは空前の代作曲家なり。余は彼の霊前に跪かん」と。野村あらえびすは、ベートーベンの言葉を引用して、ヘンデルの偉大さに次のような触れ方をしている。


ジョージ・フレデリック・ヘンデルは、バッハと同じ年に同じドイツに生まれたが、その経歴・性格・音楽に至っては、バッハと正反対で、好個の対照をなすものであります。

バッハの閑寂にして平和な生涯に対して、ヘンデルの生涯は、放浪と争闘と困苦の連続でありました。バッハの忍従・敬虔・寛厚な性格に対して、ヘンデルは、猛烈で、無遠慮で怒りっぽくて皮肉でさえありました。

バッハの作曲が、荘厳で宗教的で理知的であるのに対して、ヘンデルの音楽は宗教的であったにしても、それは極めて劇的で、荘厳であると同時に、はなはだしく人間味の豊かであることを特徴としています。

ヘンデルの　メシア

ヘンデルの三大オラトリオ「メシア」「ユーダス・マッカベウス」「エジプトのイスラエル」の一つ、「メシア」ついて、ここでは触れてみたいと思います。三大傑作と言われるこれらの曲は、いずれもこの上もない美しさと荘厳さにあふれる音楽であるが、「メシア」について、野村あらえびすは語ることが沢山あると書いている。この中で、ハレルヤコーラスの入ったレコードについては、一九一〇年頃日本に入荷されたもののようで、ファンの渇望を癒したものという。この「メシア」について、あらえびすは、次のように説明している。

（あらえびすの文章は敬体文、筆者の表現は常体文）

その後、電気では、コロンビアが最初に「ハレルヤ」を入れたように記憶します。しかし電気の偉力に驚嘆したのもほんの暫くの間で、今はそれも過去のレコードになってしまったでしょう。その後電機では、ビクターも、コロンビアも、パルロフオンも入れましたが、私は、ポリドールのブルノ・キッテル合唱団の「ハレルヤ・コーラス」が今のところ一番よくはないかと思いますが、惜しいことにこれはドイツ語で入れております。日本ビクターには、東京横浜オラトリオ合唱団を津川主一氏の指揮したのが黒十吋で入っております。このレコードが、思いのほかよく入っている方で、少なくとも国産品として推奨に値します。

そのほか「メシア」のレコードは、ビクターのバス歌手で、ウイザースプンの歌ったのが一番古かった筈です。この少しアメリカ臭いにしても、朗らかな美しい声の持ち主であるウイザースプンのレコードは、かなり昔のファン達に愛されたもので、特に「トランペット・シャール・サウンド」などは、つい此の間までも珍品扱いにされていたものです。その後、マーシュやウイリアムスや、色々な人の「メシア」が入り、私などは一時夢中になってかき集めたものですが、今から考えると、涙ぐましい苦笑を禁じ得ません。

それから、電気になって入った「メシア」の内の、合唱や独唱も幾枚かあります。現に、日本ビクターには、ロイヤル合唱団の入れた、「神の小羊」と「神に栄光あれ」、「げに主は我らの悲しみを取り去り給いぬ」と「吾等羊の如く」の二枚があり、其のいづれも、相当に聴かれるものです。特にモルモン宗合唱団の「神の小羊」は黒十二吋ですが、よく入っているようでしょう。併《しか》し一九二八年の暮れ、クリスマス当て込みの売り出しで、英国のコロンビア会社が、トーマス・ピーチャム卿の指揮で「メシア」全曲一八枚を吹き込むことによって、あの名曲も、初めて完全にレコードされることになりました。

このレコードは、所謂本場のメシアで、素晴らしい出来栄えであったということは、あちらの雑誌にも伝えられ、日本のファン達は、原盤の輸入または日本コロンビアのプレスを、一日千秋の思いで待っていたものです。

日本はベートーベンの第九シンフォニーが五千組も八千組も売れる国なのです。名曲レコード頒布会のベートーベンの「ミサ・ソレムニス」が、二千組近く頒布される国なのです。オペラの全曲が百組か二百曲売れるものなら、ヘンデルのオラトリオ……而もメシアの全曲のごときは、どんなに譲歩しても千組は売れなければなりません。

最近、英国の名記者スミス卿からの通信によれば、日本人の音楽趣味は目下ロンドンで、大評判になっているということです。それは二度までも日本を訪問したピアニスト、モイセヴィッチ氏が「日本人の音楽趣味は驚くべきレヴェルに達している。特に音楽会の聴衆の趣味好尚は、ロンドンのそれよりも決して低いものではない。これは前後二回の訪日によって自分自身経験したことで、少しの誇張もない言葉である」と言ったものに端を発したもので、ロンドンの識者に大きい感動を与えたということであります。

はなはだしく余事にわたりましたが、日本人の音楽趣味については、嘗て七年前に帝劇のステージに立ったクライスラーも驚嘆したそうで、日本人の音楽趣味は決して、蓄音機会社の人たちが考えたような低いものではないのです。レコードファン達の好みから言っても、アメリカなどとは比較になりません。これは私の日ごろの持論で、機会あるごとに各会社のプログラムをよくするために説いております。

しかし、結局メシアの全曲プレスは実現されませんでした。実に惜しいことです。それかと言って、このレコードをイギリスから取り寄せると、どうしても百円仕事です。たった一曲に百金を投ずるのは余程の決心と執着を要します。躊躇しているうちに時日が経ち、そのうちにコロンビア会社が、三枚物の「メシア」の抜粋を売り出して、私たちの望みも全く絶えてしまいました。

この三枚物の「メシア」はアメリカのコロンビアがイギリス・コロンビアに入った「メシア」の内から、三枚六面だけ抜いて売り出したものです。日本のコロンビアもアメリカの選択の通りに、三枚だけを売り出したもので、かなり要領の良い選択ではありますが、惜しいことに、「ハレルヤ」も無く、「トランペット・シャール・サウンド」もなく、「パストール」もありません。併し、この三枚のレコードが、現在の日本で手に入れうる最上の「メシア」であることは申すまでもありません。コーラスも、オーケストラもよく、特にテナーのアイスデルなどは、非常と言ってもいいほど立派に歌っております。

十一〜(3) ハイドン［Franz Joseph Haydn］(1732〜1809)

野村あらえびすは、ハイドンの曲を次のように表現する。

「ハイドンの明朗にして邪念なき音楽、宏濶《こうかつ》にして陰翳《いんえい》なき音楽を聴いて、誰がハイドンの高潔なる心事を疑うものがあるでしょうか」

と、ハイドンの音楽の良さを、まず強調し、そして続ける。

「彼の音楽には、邪念が無きに過ぎ、陰影が乏しきに過ぎるくらいです。その精緻《せいち》なる形式、廣大なる創造、豊富なる旋律は、古典好きの人々を夢中にさせずには措《お》きません。バッハ・ヘンデルの次に、ハイドンを有することは、何という音楽史の幸運でしょう。ハイドンの代わりにモツアルトでも、ベートーベンでもいけません。バッハ・ヘンデル・ハイドン、この古典の三巨匠が、今日の宏大なる音楽を作った源泉であったのです。換言すれば古典音楽史上の三位一体です。その一つを欠《か》いてもいけません。

彼は数十のシンフォニーと、数えきれないほどの室内楽を作りました。オイレンブルクの室内楽の部を見ると、その三分の一はハイドンです。何というそれは豊かな遺産でしょう。」

と、その素晴らしさを讃えている。

室内楽では、ピアノトリオで、カザルス（チェロ）・ティボー（ヴァイオリン）・コルトー（ピアノ）の三巨匠の三重奏の演奏についても、あらえびすは触れ、「言語に絶する美しい空気を醸して」いることを述べている。

シンフォニーなどでは、

ハイドンの夥《おびただ》しい交響曲の中では、次の五つを上げることが出来る。

1　驚愕（サープライズシンフォニー）
2　クロック
3　ロンドン
4　八十八番
5　トイ・シンフォニー

このように、野村あらえびすは右の五曲を上げてその素晴らしさを述べる。

このうち、驚愕シンフォニーについては、小学六年の時、学校の授業で初めて聴いた思い出がある。しかし、それほど「びっくり」したという感じではなかった。第二楽章のピアニシモから、すべての楽器がフォルテイシモに変わるこの曲の山は、喧噪《けんそう》の中で育った我々には、それほどの驚愕ということではなかったように記憶している。

他にはハイドンの傑作に、オラトリオ「創造（天地創造）」がある。素晴らしいこの曲には思い出がある。二十一世紀初頭のことである。

その頃、所属していた或る交響楽団の合唱団で、「天地創造」をやるとのことで、練習の第一回目は東京芸術劇場大リハ室で行ったことを覚えている。次からは大井町のＪＲの会場を借りた。二〇〇一年九月に始まって、翌年一月半ば頃に、東京文化会館で本番が行われ、参加したことを記録している。

オーケストラは東京シティ・フィル、本番は、飯守泰次郎先生が指揮棒を振った。合唱団は東京シティ・フィル・コーアと名付けられていた。

十一〜(4)　モーツァルト［Wolfgang Amadeus Mozart］（1756〜1791）

あらえびすは、モーツアルトの項で、次のような書き出しをしている。少し長くなるが、数ページ使って、あらえびすの伝えたいと考えていること、他の作曲家と比べながら述べていることを、そのまま抜き出してみよう。

（敬体文のところは、あらえびすの表現部分。常体文のところは筆者表記の箇所。）

「モーツアルトとシューベルトは本当の天才だ。ベートーベンとバッハは天才以外の何ものかだ」と、誰やらが言いました。短い一生の間に、六百幾十の珠玉のごとき歌謡を作ったシューベルトと、一千にも余る（そのうち四十九のシンフォニーを含む）作曲を残したモーツアルトは、まことに世界の音楽史上に燦《さん》として輝く二大明星でなければなりません。

天才の早熟は、モーツアルトに於いて、その代表的な例を示しております。彼は六歳の時、ひとかどのハープシコード弾きとして、姉とともに演奏旅行に上り、七歳の時にはすでに、最初のソナタを作り、十二歳の時は自作の「荘厳ミサ」を指揮したと伝えられております。

もしベートーベンが、モーツアルトと同じ年ごろに死んだならば、「第九シンフォニー」

や後期の弦楽四重奏曲は言うまでもなく、我々は「アパッショナータ・ソナタ」や、「シンフォニー第五」さえ、持つことはできなかったでしょう。モーツアルトの早熟多産に比較して、ベートーベンの晩熟は興味ある対照ではありませんか。

話は少し外れますが、ベートーベンの作曲の苦心は有名なもので、シンドラァの言葉を借りて言えば、「対位法の一軍と闘いつつあるものの如くであった」と言われています。

（対位法＝それぞれ独立している二つ以上の旋律を組み合わせて構成する作曲技法）

これに反してモーツアルトは、「芸術的健康」から、何の苦渋《くじゅう》の色もなく、いと安らかに珠玉の名篇を生み出したのです。モーツアルト自身も「作曲は自分の唯一の悦びであり、情熱である」と言っているくらいで、彼の天才は、たった一夜で膨大な『序曲』を作り、僅かに一日でピアノとヴァイオリンのソナタを仕上げるというような事さえあったのです。

従って、彼の音楽には、明るさと華やかさと、幸福感がみなぎります。ロマン・ローランはこれを「おそらく生きる事以外に苦労をしなかった美しい花」と言っております。彼の芸術的成功には、絶えて自己犠牲というものがありません。彼は欲するがままに書き乍ら、期せずして俗耳に入りやすい安易さをもっていたのです。換言すれば、彼の音楽には、苦渋の跡もなく暗い陰影もなく、徹頭徹尾、明るさと華やかさと幸福感が漲っていたのです。

私は、お茶を飲みながら、原稿を書きながら、あるいは本を読みながら、音楽を聞くことを好みます。この態度こそ「音楽に対する冒瀆」と解釈しないでください。新聞記者で大衆作家で、そしてレコード蒐集家である私は、あまりに忙しい癖に、何の因果か、どうにもならないほど音楽が好きなのです。私の蓄音機音楽好きになった原因の一つは、恐らく座り乍ら、或は外の仕事をしながら、音楽に親しむことができるからだったのかも知れません。

余談は兎に角、私が他の仕事の伴奏に選ぶ音楽は、多くの場合、所謂《いわゆる》本当の天才、モーツアルトとシューベルトであったことは、なんという不思議な偶然でしょう。

この稿を書きながらも、私はモーツアルトの「クラリネットの五重奏」をソフト・トーンでかけて聴いております。これを音楽の冒瀆という人があったならば、それはまだ音楽を愛する心の少ないものと言わなければなりません。私にとっての全ての生活の伴奏は音楽なのです。私は屢々《しばしば》食事の時もレコードをかけております。明るいピアノ曲の一、二枚が、どれだけ私の食欲を助けてくれるかわかりません。……（略）

音楽は果たし眼で聴くものばかりではありません。額に八の字を寄せて、上目使いになって聴くものばかりが音楽ではないのです。お茶を飲みながら聴く音楽、血液の循環を良くする音楽、仕事の労苦を癒し、生活の苦い渋い味を忘れさせてくれる音楽……そういったものもあって良くはないでしょうか。私がモーツアルトを愛するのは、即ちこの安易さと、明朗さがあるためなのかも判りません。少なくともモーツアルトの音楽は、私の生活を聊かも煩わさず、いかなる場合にも慰藉《いしゃ》と鼓舞と、力と生命とを与えてくれるように思います。斯う言ったからと言って、モーツアルトの音楽は、決して通俗でも卑野でもあるのではありません。反対に、モーツアルトほど高雅に、清麗な音楽は、恐らく何時の時代にも、どこの国にもなかったでしょう。彼こそは真に、稀に見るところの「天才の普遍性」と「優れたるものの通俗性」とをもっていたのです。

このことをロマン・ローランをして言わせれば「彼の驚くべき心的健康」のためであったとみるべきです。「あらゆる情熱は感情の過多であるが、モーツアルトは、あらゆる感情を持ちながら、情熱を少しも持ってはいなかった」という言葉は、モーツアルトの明るさと華やかさと、万人に愛される天才の普遍性とをよく説明しております。

しかし、彼はその天分をあまりにも意識する結果、恐るべき自尊心を持っていたことは色々な記録に明らかであります。彼は、自尊心を傷つけられたとき、総身が震えて酔いどれのようによろめきながら帰宅し、その翌日までも常態に復さなかったと伝えられています。異常な自尊心は天才に特有なもので、のちのベートーベンも、シューマンも、先のヘンデルもこの自尊癖に煩わされたことは、数多くの逸話とともに伝えられております。

薄倖な詩人・石川啄木と私は盛岡中学時代を共にしましたが、日ごろ無邪気で、上機嫌で、気焔家《きえんか》でさえあった啄木ですが、自尊心の強大なことは人一倍で、そのために、友人たちはどれだけ手を焼いたか分かりません。一たびこれを傷つけられると、百年の仇敵《きゅうてき》の思いがあるのです。石川啄木とモーツアルトは、甚だ当を得た対照ではありませんが、天才の自尊心がどれだけ強烈で、どれだけ始末の悪いものかということを、私は啄木を通してモーツアルトを想見し得るような気がするのです。

モーツアルトの生涯は、この自尊癖と、これも天才特有の、経済思想の欠如に煩わされて、貧困と疾患と懊悩《おうのう》との連続の感がありました。…略…

彼の珠玉のごとき作品の多くは、シューベルトにおける如く、ほとんど貧しいパンにさえ値しなかったのです。自尊心のゆえに大司教に背き、故郷を愛するがゆえに、ウイリアムⅡ世の招きに応ずることの出来なかった彼は、似た者夫婦の歌手の妻と共に、貧困から貧困へ流浪の生活を続けていったのです。

『可哀そうなモーツアルト』…彼の悲哀も愁悶も知らぬ気な、明るさに満ち溢れた音楽を聞くとき、私は不思議な涙ぐましさをさへ、覚えることがあります。栄養不良で死んだシューベルトの音楽と共に、疾苦と悲哀との中に死んでいったモーツアルトの音楽は、なんという美しさと明るさに漲る音楽でしょう。

当時の世間は、かつての神童モーツアルトを歓迎しながら、成人したモーツアルトの天才を否定し、彼の前に栄達の門を固く閉ざしてしまいました。彼は自尊心のために闘い、僅かばかりのパンのために精根の尽きる迄、働きました。生命の灯の燃え盡きるまで、ひたすら書きに書いて死んでしまったのでした。

① モーツアルトのシンフォニー

ジュピター・シンフォニー

ジュピターを有名にしたのはジュピターという恰好な標題のせいもないとは言えませんが、同時にまた、この標題に値した塊麗無双の美しさにあったことは、ここに事々しく申すまでもありません。この曲はわずか十五日間で完成されたといわれております。…略…。

この曲に盛られた美しさと荘厳さは、何をもってしても、ほとんど比較すべきものはありません。

G短調シンフォニー

他にシンフォニーでは、G短調シンフォニーを挙げています。これについては、あらえびすは、次のように述べています。

一体このシンフォニーは、モーツアルトのものとしては、珍しく一抹の陰影を有するもので、特にミヌエットの部分は、何とはなしに、不思議なやるせなさを感じさせます。陽気で明るくて、時々は腹の立つ程華麗なモーツアルトのもののうちに、このシンフォニーばかりは、真珠色に打ち沈んで、何かしら、言うに言われぬ美しさがあります。シンフォニーとしてはこの上なく単純なもので、この間に一種の暗さなり、悩ましさなりを蔵するのは、寧ろ不思議なくらいですが、とにかく私などは「ジュピター」にも益して、この「G単調」の優しさ、悩ましい美しさを愛します。（レコードについては略）

変ホ調シンフォニー

このシンフォニーは、ジュピターの如く華麗ならず、G短調の如く情緒的ではありませんが、壮麗なうちにモーツアルトの明るさと、幸福感とを名残なく盛ったことに於いて、前二者と共に、モーツアルトの三つの傑作に数えられております。蟠りのない美しさや、燦としてこぼるるごとき明るさのために、ジュピターにも増して好む人が屢々あります。

第三十四番目の「ハ調シンフォニー」については略。

②　モーツアルトの歌（歌劇その他）

あらえびすは、モーツアルトがこの時代の作曲者の習慣に従って、全力を歌劇の作曲に注いだことは、色々な文献が明らかに物語っていることを十分理解している。

良いオペラを作曲して、その時代の人を驚倒し、時の有識者の讃美と渇仰《かつごう》を集めることが、この時代の作曲者が持つ唯一にして最高の野心だったのです。当時のモーツアルトもこの例に漏れず、あらゆる困苦と屈辱を忍びながらも、たった一つの優れたオペラを世に示すために、絶えざる努力を続けていたことは間違いありません。…略…。


今でも、どこかで毎年のように歌われている、有名なものを二、三曲上げよと言われれば、次の三曲が直ぐに思いつく。

フィガロの結婚

ドンジョヴァンニ

魔笛

右の三曲については、今でも色々な団体で演奏がなされている。この他にも、⑷『コジファントゥッテ』{Cosi《このように》 fan《する》 tutte《全てのむすめが》}なども演奏されている。

また、⑸『後宮からの誘拐』もあるが、これはそれ程に演じられていない。

歌劇以外の歌の曲で、鎮魂曲（レクイエム）として、モーツアルト、ヴェルディ、ブラームス作曲のものが有名であるが、ここでは、「モツレク」と呼ばれ、大衆に親しまれている、モーツアルトのレクイエムについて触れてみよう。

レクイエムとは死者のためのミサ曲であるが、モーツアルトにはこの曲を含め、十九のミサ曲がある。

③　**レクイエム**

モーツアルトの最後の傑作で、その死の暗示であったという有名な「レクイエム」は、因縁めいた物語の、付きまとっているということが言われ続けている。フランベルク伯爵が、夫人を亡くした時、自分の作った曲「レクイエム」として発表しようとして、モーツアルトにひそかに代作を依頼した。しかし、その依頼当時の関係から怪談めかしく、ついにモーツアルト自身をして、自分のための『鎮魂曲』だと思い込ませられ、そのために彼は、死期を早めてしまったともいわれている。

この点について、あらえびすは次のように述べている。

「一体、名曲に怪異な物語はつきものですが、この曲に対するモーツアルトの懊悩《おうのう》や恐怖は、作られた物語には及びもつかない現実性があって、百数十年（～二百年）を隔《へだ》ててもなお、この曲を聴く者をして、惻々《そくそく》として心を傷ましめるものの有るのは、何としても一つの不思議です」。また、この曲の持っている悲劇について、あらえびすは次のように続けている。

「モーツアルトは、その死」に先立つ少し前のある日、ウイーンの遊園地を散歩していましたが、何と感じたのか、突然、『自分は死にそうな気がしてならない。このレクイエムは、結局自分のために書いているのだ』と言って、眼に一杯涙を溜めた……とも伝えられています。

モーツアルトは死ぬ前日、この曲の「ラクリモーサ（涙の日よ）」を八小節まで書き、モーツアルト自身と義弟と、それに劇場の人（本職の歌い手）二人を加え、歌って出来具合を試しました。モーツアルトはアルトを、義弟はテナーを、ほかの二人は他のパート（ソプラノ・バス）を受け持ちましたが、本人のモーツアルトは途中でやめて、『俺にはどうもこの曲の完成が出来そうもない』と、総譜を放りだして潸々《せんせん》と泣き、やがて弟子のジュスマイヤーを呼んで、自分の死後、この曲を続けるように指図したということです。

と、あらえびすは右のように述べているのである。

他書でこれについて確認してみると、次のように扱っている書がある。

第一楽章全部はモーツアルト自身が作り、第二楽章以下については、音楽の骨組みだけは、完全にモーツアルトによって作られている。

骨組みとは、前奏・後奏などは細部まで全て、それから声のパートも全て、その上、低音旋律と大切な部分には、この低音に付した和音を指示する数字、さらに上声部の第一ヴァイオリン、また、この曲ではトロンボーン独奏の主要旋律のことをいう。

これだけが与えられていることから、この上に立って、モーツアルトのスタイルを注意深く模倣することで、モーツアルト自らが書いたであろう音楽に近付けるものといえる。これが我々の聴いているモツレクであるが、次のような批評もある。それは、「どうも骨組みにつけた肉付けが少し厚すぎて、モーツアルト独特の軽やかさが失われているように思える」という評である。

肉付けと言っても、例えば声のパートを管弦楽で重ねるとか、断続音の裏に保持する音を奏でるとか、第一ヴァイオリンの旋律として明示されているものに、三度の平行旋律を加える等である。ただ、音と音の繋がりに充実感を与える上で有用なことであっても、一方では重苦しさが生じてしまう。

聴く者に対して、明るさ・安易さ・幸福感等を与え続けてくれるのが、モーツアルトの音楽であるが、果たして作曲者自身が、レクイエムを完成させたのであった場合、どのような音楽に仕上がっていたであろうか。これは想像する以外に道はない。

この音楽を聴く度に、作曲者モーツアルトを想うと興味は尽きない。

野村あらえびすは次のように、このレコードを手に入れた時のことを思い出している。

私がこのレコードを手にして、まず聴きましたのは、第六楽章の「ラクリモーサ」でしたが、丁度モーツアルトが、亡くなる前夜に書いたもので、私が聴いた日も丁度モーツアルトの死んだ日の前夜でした。それにこの曲の全部を聴きましたのは、モーツアルトの命日の十二月五日で、後にこの偶然の暗合に気が付いて、思わず私は愕然としたくらいです。

この曲には、何かしら不可解な因縁が付き纏うように言われていますが、思い来ればこの暗合なども、やはりその不思議の一つではないでしょうか。（暗合＝偶然一致すること）

④ 室内楽

モーツァルトの数多い室内楽は、その美しさに於いても、重要性においても、ハイドンのそれと共に、古典音楽の双絶と称すべきであります。モーツアルトのシンフォニーは、当時においては劃《かく》時代的のもので、特にG短調のシンフォニーの如きは、一部の間から難解なものとさえ言われました。が、その数に於いて、ほとんどシンフォニーと匹敵する室内楽の多くの作物に於いては、真にモーツアルトらしさを発揮し、換言すれば、シンフォニーに於けるが如き苦渋の跡なく、ひたすら光と喜びとにのみ輝いておりました。…略…

「変ロ長調の四重奏曲」三枚は、これは先の長調の曲にもまして美しい曲です。

私はこの曲をモーツアルトの数ある四重奏曲中でも、最もし優れたもののひとつだと信じております。

室内楽とオーケストラの双方に跨るもので、「アイネ・クライネ・ナハトムジーク《Eine Kleine Nacht Musik》」即ち「セレナーデ（小夜曲）」であるが、この曲についてはあらえびすも次のように述べている。

「この曲の美しさは、全く法外で、特に第一楽章のアレグロは、繊麗極まるものです」と言い、色々なオーケストラのレコーディングの美しさや、輝きを褒め称えている。

十一～(5)　ベートーヴェン ［Ludwig van Beethoven］（1770~1827）

あらえびすは、ベートーヴェンについて『バッハからシューベルト』の中で、次のように述べている。

「ベートーヴェンの偉大さについて、私はこの項に説くことを避けようと思います。それは、さながらエヴェレストの高さを解くようなもので、レコード愛好家達にとっては、あまりに無駄な骨折りだろうと思うからであります。ベートーヴェンに関する文献は、内外共に汗牛《かんぎゅう》充棟《じゅうとう》という古い形容詞を文字通り信じてよいほどですから、すべてはそれに任せて、私はただベートーヴェンの曲のレコードについて、その推賞し得るものだけを紹介するに満足しなければなりません。

ベートーヴェンのレコードの夥《おびただ》しさを、私は『ジャズのレコードに次いで』と形容したことがあります。言葉は、まことに不穏当ですが、事実は全くその通りで、どこの会社のプログラムも、あらゆる芸術レコードの内、何%かは、必ずベートーヴェンで占めている有様です。

斯くも偉大なるベートーヴェンの芸術が、きわめて多数の人の生活に織り込まれ、その魂を浄めて行くことは、文化の進歩とか、芸術教育の普及とか、色々の原因があるにしても、最も大きい動機は、やはり蓄音機の発明であったと言わなければなりません。百年前、限りなき自負心を抱いて、癒し難き不平と懊悩のうちに死んでいったベートーヴェンは、恐らくこのありさまを予想だもしなかったことでしょう」と、述べている。

（あらえびすの文章は、敬体文になっていることから、筆者自身は常体文で表記する。）

① 第一と第二シンフォニー

第一シンフォニーは、ハイドンとモーツアルトの感化を存分に受けて、極めて明朗清澄なものですが、その頃（一七九八～一八〇〇年）早くも、ベートーヴェンの耳は故障を生じ、その一生を暗澹たるものにした恐ろしい苦悩が、夕立雲の如く襲いかかっていたのです。その間から、若々しい暢気《のんき》さに充ちた「第一シンフォニー」を生んだのは、恐らく『魂に喜びを持たないとき、自分からそれを創造しなければならなかった』と言うロマンローランの言葉が一番よく事情を尽くしているものでしょう。

第二シンフォニーは、なお幾分のモーツアルト風の甘美さを基調とする内にも、後年のベートーヴェンのシンフォニーを特色つけた、力強さと好戦的な狂熱と、粘り強さとの暗示を含み、特にその最後の楽章は、当時にあっては極めて特異なものであったといわれておりまず。併し、第二シンフォニーのレコードはどうしたことか、日本には少なく一組あるだけです。コロンビアに「交響曲第二番・二長調、トーマス ビーチャム卿指揮、ロンドン交響楽団」一組があるだけです。その後、ウイーン・フィルハーモニーをクラウスが指揮した「第二」は、絶品で、如何にも歯切れのいい美しいものです。

② 第三（英雄）シンフォニー「エロイカ」

ベートーヴェンの「第二シンフォニー」と「第三シンフォニー」との間は、最も驚嘆すべき奇跡的進歩があると言われております。第三シンフォニーはその第三楽章をメヌエットとする習慣を捨てて、スケルツオに置き換えるという新しいかたちを使ったばかりでなく、その思想においても、形式においても従来想像もしなかった幾多の新しさを生み出し、断然、シンフォニー作曲の上に劃時代的な一新紀元を劃したものと言われております。

この第三シンフォニー・エロイカに纏《まつ》わる、伝説的ストーリーは、だれでも知り尽くしているところでしょうが、……最初ナポレオンに献ずる意味で書いたのを、ナポレオン即位と聞いて、激怒したベートーヴェンは「あいつも只の人間に過ぎない」と捧呈詞を引き裂いて、箱の底深く沈めた。ナポレオンがセントヘレナに流され、悲しい英雄の末路を示したとき、「自分はこの悲劇にふさわしい音楽を、十七年前に書いた」と、エロイカ一篇を採って、その第二楽章の葬送行進曲を示した……、というような話は、標題好きの人たちや、音楽に関する因縁好きの人たちをして、この曲を実質以上に評価させることに充分だったと思います。

しかし、伝説の有無にかかわらず、「エロイカ」の特長と偉大さは、あまりに明らかで、寧ろこれらの伝説は、潔癖な人たちをして、「エロイカ」に反感を起こさせないものとはかぎりません。現に斯くいう私なども、いかに鐘太鼓で攻めたてられても、「エロイカ」を「第五」や「第七」以上と考えるような雅量はありません。特にあの葬送行進曲は、有名であるだけ、それだけ退屈なもので、第三楽章のスケルツオに行って、ホッと救われたような気がするのを常としております。

③　第四シンフォニー

一八〇六年は、ベートーヴェンにとって不思議な光明と温かさに恵まれた年でした。彼の暗澹たる一生、暴風雨と雷電のはためき続けるような一生の間に、僅かに陽の光を仰ぎ見る一日を恵まれたように、この年だけはベートーヴェンにとっても、ほんの少しばかり人がましき心持になり得る機会を持ったのです。

④　第五シンフォニー（運命）

「運命」という表題で知られている「第五シンフォニー」はベートーヴェンのシンフォニーの中でも、最も簡素な構造と、最も偉大なる光輝とを有する、不思議な傑作のひとつであります。偉大なるものの普遍性とでも言いましょうか、この曲ほどよく知られ、よく演奏され、そしてよく愛せらるるシンフォニーはありません。

と、このようにあらえびすは言う。

この「運命」について、あらえびすは、七種類のレコードを聞き比べて、次のような解説を行っている。

指揮者	管弦楽団
① ニキシ	ベルリン・フィルハーモニック管弦楽団
② ワインガルトナー	ロイヤル・フイルハーモニック管弦楽団
③ ロナルド	ロイヤル・アルバート・ホール管弦楽団
④ フルトヴェングラー	ベルリン・フイルハーモニック管弦楽団
⑤ シュトラウス	ベルリン国立歌劇場管弦楽団
⑥ ローゼンストック	ベルリン国立歌劇場管弦楽団
⑦ シャルク	ウイーン・フイルハーモニック管弦楽団

と、このように列挙している。

この中で、一番あたらしいのは、⑦のシャルク指揮のものであるという。これは発売以前に、日本ビクター会社に集まったＨＭＶ盤の注文が、一千組もあったことを伝えてくれている。

そして、七人の指揮者による演奏を聴き比べて、あらえびすは次のような点に触れている。

最初、この曲の冒頭にでてくる「運命が戸を叩く」という有名な主題、

GGGEs FFFD

を比較してみると、シュトラウスは八分音符の原譜通り、極めて早く素直に運んでおりますが、ニキシとフルトヴェングラーは、テンポを二倍近く引き延ばして、殆ど四分音符と同様に扱い、その上、物々しい表情までもつけております。ワインガルドナーも相当遅いのですが、強いアクセントをつけずに、平明にやってのけていますから、フルトヴェングラーに感じられる圧迫感はありません。

というような、指揮者による音楽の捉え方の違いを、明確に言葉で伝えてくれるのが、あらえびすである。

一体、この冒頭の数小節は、第五の大事な「聞かせどこ」で、誰が棒を揮《ふ》っても、多少の色彩をつけて、物々しいゆるいテンポに書き変えるのが常ですのに、シュトラウスの素直な符通りの演奏は、一部から食い足りぬという非難を受けたにも拘わらず、他の一部からは純正音楽的だというので、非常に喜ばれたものでした。

シャルクのは、その中間を行ったもので、最初のGの音を符通りに、次のFの音をかなり遅くしています。これがシャルクの賢明さで、その効果も大層面白くなっています。（略）

「運命」については、第一楽章の冒頭のところのみ、七種類のレコード演奏についての比較を行っている「あらえびす」の視点の面白さを取り上げてみた。

⑤　第六（田園）シィンフォニーと、第七・第八について

「第六」の田園シンフォニーは、その愛らしさと美しさに於いて、「第五」と共に大きい人気を背負っております。この曲は、明らかにベートーヴェンの付した標題を有し、第二楽章には、野鳥の擬音迄入っており、作曲の上には文句をいう人が無いでもありませんが、美しいものは、議論を超越して美しく、尊いものは理屈の如何に拘わらず尊いもので、どんな旋毛曲《つむじ》がりでも、このシンフォニーの中から、小鳥の擬音を取り去ろうという気にはなれなかったでしょう。

世に恐らく、これほど邪念の無い美しいシンフォニーも、これほど素朴な和やかな風景画もなかったでしょう。どんなベートーヴェン嫌いも、「第六」ばかりは全く憎めません。あの和やかな数小節にも、枯れ草と野の花との匂いがみなぎり、第一・第二楽章を聴き進むと、田園の長閑《のどか》さを思い置くことなく満喫させられます。

あらえびすは、「第六シンフォニー」についても右のように述べている。

またあらえびすは、「ベートーヴェンの九つのシンフォニーの内、二つだけを選ばせられたならば、私は第九と第七を採ったでしょう。余人は知らず、少なくとも私にとっては、「第九」に次いで好ましい…むしろ尊い…シンフォニーは、あの歓びと光の大氾濫を思わせる、第七シンフォニーであったのです。

「第八」については、「この愉悦と光輝に充ちた、飛躍する魂の歌とも言うべきシンフォニーは、ベートーヴェンが全く聾になり切った時の作品で、〔第七〕・〔大公トリオ〕などと共に、天才の精神の不思議な発露を語る作品とされております。…以下略…」と説いている。

⑥　第九シンフォニー

ベートーヴェンの「第九シンフォニー」は、ベートーヴェンの天才の集約であり、その数ある作品中のエヴェレストであります。啻《ただ》にベートーヴェンに於いて然るのみならず、古来のあらゆるシンフォニーに於いて、あるいはあらゆる音楽の中に於いて、毅然としてその高さと美しさを誇っているのであります。

ベートーヴェンが「第九」を書いた頃は、悲境のどん底ともいうべきで、その耳は全く聞こえず、その音楽は誹謗され、ウイーンの都を風靡するものは、滑らかなイタリヤ歌劇と、徒らに華麗なロッシーニでありました。

不屈の天才は傷つけられ、辱められ、音楽の都ウイーンにさえ、安住の地を見出すこと能わず、「第九」の稿を抱いて英国へ去ろうとしていたのです。幸いにして僅か数人の友達が、この痛める魂を慰留して、一八二四年五月七日、「第九シンフォニー」と「荘厳ミサ」との最初の上演が実行されました。

その時の成功の物凄まじさ、ベートーヴェンに好意を持たなかった人たちも、この偉大なる音楽の力の前には、甘んじて頭を垂れてしまいました。成功はまことに凱旋的であり、且つ動乱的でさえもありました。ベートーヴェンが現れると、ウイーンの慣例を破って、五回の喝采が繰り返され、興奮のあまり、あまたの聴衆は泣いたと伝えております。

この時、ベートーヴェンは会場の煮えくり返るような拍手も知らず、後ろ向きになって、済ましているので、ある女歌手は手を取って、会場に向けてやったという有名な話が伝わっております。彼は、初めて、自分のシンフォニーが巻き起こした、熱狂的な感動と拍手の嵐を見たのでした。

ベートーヴェンが如何に悲哀と憂苦の深淵の底から、あの光輝に充ちた「歓喜の歌」を作り出したか、我々はただ、この時の事情を思い合わせて、天才の持っている非凡な想像力に驚嘆するばかりです。

しかし、第九の初演の成功は、決してベートーヴェンを幸福にしたわけではありません。引き続き物質的に不幸だったばかりでなく、この熱狂的な感動と、興奮とがあったにも拘らず、「第九」は長く音楽家並びに音楽評論家にとってさへ、スフィンクスであったのです。

ある批評家は、「天才の名残の僅かばかりの光輝」と解し、残りの他のものは正直に「不可解」と告白したとあります。天才を知ることの難しさは、いつの世も同じことながら、まことに腹立たしくさへなるではありませんか。

第九を不可解とした大きい原因は、その形式の新しさによることは勿論ですが、一つは、器楽と声楽との結合、さらに哲学的または宗教的思想が、濃厚に盛られているためであったでしょう。

しかし、解すると解せざるとに拘わらず、その人を打つ力は想像を絶しました。百何年前の初演の時、すでにありし如く、今日においても、色々意見があり、議論があるにも拘わらず、ベートーヴェンの第九ほど人を打つ音楽があろうとは思われません。（中略）

その歌の中には人間性と神性が、いとも妙に染みだしてくるのも当然のことで、これこそ、地上の歓喜の最大最高のものであるといっても差し支えないものです。

と、あらえびすはこのように、ベートーヴェンの音楽を評している。

⑦ ピアノソナタ

ベートーベンの作品中で、ピアノソナタは三十二という夥しい数を占め、重要さにおいても、九つのシンフォニー、十六の四重奏曲と共に、ベートーベンの芸術的生涯の全反映とも称すべきものであります。ベートーベンはピアノソナタのあらゆる形式を尽くしたといわれるくらいで、その表現の自在にして、豊潤なる、その技巧の精緻にして、多様なる、まことに「ベートーベン以降ピアノソナタ無し」と極言する人のあるのも無理のないことです。取り分けベートーベンが、その得意のピアノソナタに盛った思想の深奥壮大さにおいては、九つのシンフォニーに盛った、思想の荘厳雄大さと匹敵するものがあります。

このようにあらえびすは述べている。そのピアノソナタの中で、いくつか有名なものを拾いだしてみるとき、次の三曲は、あまりにも有名であることから、題名表記のみにとどめておく。あらえびすも次の曲、❶〜❸を先ず挙げている。

❶「悲愴ソナタ」(作品十三　C短調)

❷「ムーンライト　ソナタ」(作品二十七　Cシャープ短調)

❸「アパショナータ　ソナタ」(作品五十七　F短調)

これら三曲は、現在でも非常によく演奏されるものであるが、そのほかに「告別ソナタ」（作品八十一A、Eフラット長調）は、「別離・不在・帰還」と三つの楽章に、それぞれ標題を書いたもので、ベートーヴェンの中期最後の佳作と言われている。

⑧　荘厳ミサ

この荘厳ミサは、第九にも勝るベートーヴェンの傑作だとの折り紙付きである。作曲者ベートーヴェン自身も、非常に自信があったようである。しかし、一八二四年かにこの曲が予約販売されたとき、申し込み者が僅か五名であったという。その五名の内、音楽家は一人もいなかったという。あらえびすは続ける。

ベートーヴェンを憤死させ、シューベルトを餓死させたのは、一般社会のせいというより、私はむしろ当時の音楽家及び音楽評論家のせいであったような気がしてなりません。いつの世にも、一番音楽を毒する者は、趣味の下等な音楽家で、天才を虐げるのは、その天才と同じ時代に住んでいる芸術家、並びに芸術評論家ではなかったでしょうか。

これは少し余談ですが、この荘厳ミサが百年の後、極東の日本で、レコードに入れたのが四十二円という高価で、一千組も売れたのですから、私はこの一事だけでも、ベートーヴェンに聞かしてやりたくてたまりません。（レコード演奏家については省く）

このようにあらえびすは述べている。

⑨　ピアノ・コンチエルト

ベートーヴェンの書いた五曲のピアノ・コンチエルトは、九つのシンフォニー、十六の四重奏曲、三十二のピアノ・ソナタと共に、極めて重要にして、意味の深い作品であります。ピアノソナタのあらゆる形式を書き尽くしたといわれるベートーヴェンは、ここでもまた、ピアノと管弦楽のあらゆる形式を書き尽くしたと言い得べく、後数十年を隔てて、ブラームスが現れるまで、ピアノ・コンチエルトらしいピアノ・コンチエルトがなかったといっても決して過言ではありません。

このピアノコンチェルトの中で、第五・変ホ長調（作品七三）は、その荘厳無比なロンドの故をもって、一に「皇帝コンチェルト」と呼ばれ、ベートーヴェンの円熟期を代表する傑作のひとつに数えられております。この曲が第六・第七シンフォニーなどと共に、三、四十代のベートーヴェンの全想像力、全技巧の解放であったと言っても差し支えの無いものでしょう。…略…

と、あらえびすは解説している。

⑩　ヴァイオリン・コンチエルト

ベートーヴェン作曲の、唯一のヴァイオリン・コンチエルトである作品六一は、後の世に作られた十曲の中でも最も素晴らしいものと言われている。

このコンチェルトは、ヴァイオリンの技巧のため、またはヴァイオリンの機能を極度に発揮して見せるために作ったものではなく、ベートーヴェンの楽想の表現のために、余儀なく選んだ形式の一つで、その天才のために必要とした、燃料の一つにヴァイオリン・コンチェルトという形式が選ばれたに過ぎないのでした。私共素人が聴けば、こんな力強い、こんなに作為の跡の無いヴァイオリン・コンチェルトは他にありません。この曲は、華やかさに於いて「スプリング・ソナタ」に似ており、壮麗さに於いて「皇帝コンチェルト」を思わせますが、全く独特の美しさと、精麗さを持ち、燦然たる光彩を遂げる美しさは、全く比類もありません。

このように、あらえびすは感じたままを素直に語っている。ほか数多《あまた》ある作品については、この場では紙面の都合上、省くことにする。

十一〜(6)　シューベルト　［Franz Schuberut］(1797~1828)

フランツ・シューベルト（一七九七〜一八二八）は、生前、最も報いられざる天才でした。あらえびすは、まずこのように語り掛け、続けるのだった。

（あらえびすは「です・ます」の敬体文で表現、筆者は常体文で表記）

彼の一生は貧困と苦痛との痛ましき連続とも言うべきでしたが、それにも拘わらず、彼は三十一年の短い生涯を、無限に清水を吹き出す泉のように、珠玉のような名曲を生み続けずには居られなかったのです。

彼の貧困はモーツアルトのそれと比較されますが、音楽家としてのモーツアルトは、生前かなり高い地位を占めていたのに比べ、シューベルトは比較にならないほどの不遇を甘受したというべきでしょう。シューベルト自身、「自分の音楽は、自分の才能と貧困の産物である。そして自分の最も苦痛の状態にあるときの作物を、世人は最も好むらしい」と語ったということは、なんとも痛ましい事でしょう。

シューベルトこそは、自分を天才と気の付かなかった、唯一の天才であったと言われております。彼の短い生涯のうちに残した六百の歌は、謙譲で無邪気な彼が、一向に意識しなかったにも拘わらず、人間一人の作物としては、殆ど想像することもできない奇跡的産物だったのです。湧くが如き彼のメロデイを見て、友人たちは「メロデイはできるだけ倹約しなければならない。でないと後悔する時が来るよ。」と忠告したという逸話は、凡人と天才との、面白い対照として今に伝えられています。

例えば、ベートーヴェンは驚くべき存在であったに違いありませんが、彼の偉業は天才というべくあまり、努力の跡がまざまざと目立ちます。第九シンフォニーの有名な主題が、数十年前から、彼のノートの頁に秘められていたという一事は、ベートーヴェンが如何に用意周到な努力家であり、彼の一番無造作に見える仕事でも、想像もつかぬ苦心彫琢《ちょうたく》の産物であったかということを物語っております。

これに反してシューベルトは、友達と雑談しながら、有名な「侏儒」を作曲し、旗亭のメニューの裏に友人の引いた五線の上に、「ハーク・ハーク・ゼ・ラーク」を作曲したという類いの、奇跡的な作曲の逸話を沢山持っています。（一説にこの歌は封筒を裏返して書いたとも…）彼こそは、まことに、千年に一人、一万年に一人しか生まれない、まことの天才というものでしょう。

ウイーンの郊外リヒテンタールの貧しい学校教師の十三番目の子として生まれた彼が、どんなに貧苦の中に虐げられたか、ほぼ想像することが出来ましょう。その家族は多少音楽的で、幸福であったにしろ、わずかに二百五十円の年俸が親子十人の口を糊するに足るべきはずもありません。父と兄達から音楽の手ほどきを受けたシューベルトは、十歳で教会合唱隊に加わり、十二歳の時、授業料を免除され、五年間音楽学校に学ぶ幸福をつかみました。

シューベルトの多難の生活は、十六、七歳から始まり、同時に彼の驚くべき作曲も、その頃からスタートした。「紡ぎ車のグレッチェン」、その他が生まれたのはこの時で、その翌年には百五十七の歌謡を作曲し、その中には『魔王』や「野ばら」等、不朽の名作が加わっております。

一八一六年以降のシューベルトは、全くのボヘミアンでした。彼は自由と友人と、そして貧乏だけだったのです。シューベルトの十二曲を公にした出版屋は、版権として当時の日本円にして百六十円くらいの金しか払わず、その中の一曲「さすらい人」一曲だけでも、その出版屋は二万七千フロリン（一フロリン＝約二〇銭）の売り上げを、得ていたとも言われております。

それを、当時の日本円で換算すると、出版屋の行為は次のようになる。出版屋は、作曲者に当時の日本円にして、十二曲全部で百六十円しか払わずに、十二曲中の一曲だけで五千四百円の売り上げを得ていたという法外な話が伝わっているのである。勿論、販売したのは、一八二二年から三十数年の間ということになるわけであるが、それを耳にしただけでも、音楽家シューベルトが如何に、お金に無頓着であったかが判る。

シューベルトの楽曲を手にしたベートーヴェンは、「シューベルトには神の閃きがある」と叫んだというのは、なんという卓見であろうか。ベートーヴェンが他界した時、三十八人の炬火《きょか》（たいまつ）持ちの一人として加わったシューベルトは、その後、間もなく病を得て、起つことすらもできない有様になってしまったと言われている。

①　未完成シンフォニー

十曲あるシンフォニーの内、一番有名なものは「アンフィニッシュド・シンフォニー」である。この未完成シンフォニーは、シューベルトのシンフォニーの中で、八番目のものであるという。

第一楽章と第二楽章と、第三楽章は最初の九小節だけを書いて、そのまま未定稿として、戸棚の中に放り込まれていたもので、何ゆえにシューベルトがこれを未完成のままにしていたものか二百年近くたっても判らずじまいである。これを未完成のままにしたことを本人以外の誰が知り得ようか。多分、永遠にわからないままであろう。

あらえびすは、次のように伝えている。

この未完成シンフォニーはシューベルトの死後、三十七年も経て、始めて存在が明らかになったものですが、その美しさは、大方の知っている通りで、まことに天来の音楽と言っても差し支えないものです。…中略…

後にシューマンとメンデルスゾーンの二人の研究もあり、「メンデルスゾーンが指揮をして以来、音楽史上に稀に見る巨大な星座として、輝かしき存在を誇るようになりました」と喝破している。レコードについてのあらえびすの解説は省略。

《三大歌集》 i

② 美しき水車小屋の乙女

これは、ミューラーの一聯の詩に附した二十曲の歌謡で、水車小屋に働く日雇い稼ぎの男の恋と、その悲しき破綻を描いた、極めて単純なものですが、シューベルトの作曲であるが故に、ミューラーの詩を宝玉の如く輝かしいものにして居ります。

と、あらえびすは冒頭このような解説をしている。ここでは、二十曲についての題名のみ拾い出してみよう。

一番「逍遥」、二番「どこへ」、三番「止まれ」、四番「小川への感謝」、五番「仕事の後」、六番「好奇心」、七番「焦燥」、八番「朝の挨拶」、九番「水車屋の花」、十番「涙の雨」、十一番「我がもの」、十二番「休止」十三番「緑のリボンもて」、十四番「狩人」、十五番「嫉妬と傲慢」、十六番「好ましき色」十七番「忌まわしき色」十八番「萎れた花」、十九番「水車小屋と小川」、二十番「小川の子守歌」。

という題名である。

《三大歌集》ⅱ
③　冬の旅

冬の旅は、シューベルトの死の前年から、最後の年へかけての作で、天才の大燃焼とも言うべきでありますが、当時は解する人が少なく、如何に虐待され薄遇されたか、百年の後の我々が涙なしに読めない逸話を沢山持っています。

この冬の旅二十四曲もミューラーの作詩で、放浪と困苦と失望とを描いた、極めて陰惨なものですが、凡そ、世界音楽史の上に残された、二十四個の夜光珠であると言ってよいでしょう。

この薄倖な天才の友人、スバウンは、冬の旅についてこう書き残しています。「シューベルトは気難しく沈んでいた。私が訪ねると、今にわかるよ……といった。ある日彼は、ショバーの家へ行って、声に感情をこめて、冬の旅全曲を歌って聞かせた。その陰鬱な歌のために、我々は全く途方に暮れた。ショバーは、菩提樹だけが気に入る歌だといった。シューベルトはこれに対して、『僕は外のどんな歌よりも、この全部が好きだ、いつか君たちも好きになるときが来るだろう』といった」と。

百年後の今日では、あのうちの一番出来の悪い一つでさえも、二十世紀になって作られた、世界のあらゆる歌の総量よりも値打ちのある、輝かしいものであったことを信じる人も少なくないでしょう。しかし、シューベルトは世界の人がこの歌を好きになるのも見極めず、その翌年冬の旅の校正を済ませて間もなく、飢餓・貧しさが原因で、この世を去ったとのことです。……以下略……。

この中で日本人の好む「菩提樹」は、冬の旅の五番目にある曲である。

《三大歌集》iii

④「白鳥の歌」

白鳥の歌十四曲は、シューベルトの死の予感があると言われ、その陰惨な絶望的な、しかしながら限りもない美しさは、時代にも、国民性にも言葉にも捉えられずに、人間に歌のある限り、歌われ愛せられ、涙を注がしめずにはおかないでしょう。…以下略…。

このように、あらえびすは我々に伝えてくれる。

⑤ 歌曲 について

歌曲について、人口に膾炙した歌のみを拾い出してみよう。

❶ 紡車によるグレッチェン
❷ 野薔薇
❸ 死と乙女
❹ 鱒
❺ アヴェ・マリア
❻ 楽に寄す
❼ 魔王
❽ さすらい人

あらえびすは、有名な歌のみ三十七曲を挙げて解説しているが、その中でも、右の八曲はあまりにもよく知れ渡っていること故、題名を表記してみた。六百ほどある歌曲の内の八曲である。この八曲について一曲のみ選び、あらえびすがどのように、これらの曲との付き合い方をしていたかを確認してみようと思う。魔王ではどうであったか。

「魔王」と「さすらい人」は、あまりにも有名なのと、一度「デイスク」誌上に詳しく書いたので、実はこの項には省こうかとも思いましたが、シューベルトのリードレコード紹介の目的を完成するために、兎に角、重複を承知で簡単に書き置きます。

魔王がシューベルトの最大傑作の一つで、多くの逸話を持っていることは、改めて言うまでもないことでしょう。シューベルトの友人たちがその父の家に訪問した時、天来の楽想に興奮して、熱に浮かされたようになっているシューベルトを発見したということや、恐ろしい速さで書いた歌曲（魔王）を、ピアノがそこに無かったので、コンヴィクト（神学校の寄宿舎）へ駆けて行った……という話は、あまりにも有名です。

この歌曲と、名歌手フォグル、詩の作者ゲーテなどをめぐる物語は、限りもなく歌曲につき纏います。…以下略…

あとがき

「私の人生は、ハナなしには考えられない」と、胡堂氏は口にしておられた。それ程に奥方ハナ様には、感謝しながらの日々を送っていたといえる。優しさに満ちたハナ様の支えなくして、レコード・広重絵・武鑑などの収集はあり得なかったと思われる。

胡堂氏に「良い籤を引いた」と、言わせたハナ様の人間力は、今後も称えられ続けて然るべきことといえよう。今の私の年齢は、既に野村夫妻の薨去された年齢を超えてしまっている。そのようなこともあって、二年ほど前、小生も八十歳を迎えた頃から、同年令で亡くなられた野村ご夫妻について書いてみようと思い付き、作業を始めたものである。

いくつかの胡堂氏関係の書物も読んだのであるが、胡堂氏については詳細に記されているけれども、ハナ様については、詳しく述べられているものがない。そこで、胡堂氏存命中から訪問し、胡堂氏が逝去され、その後、約六年間野村家に出入りさせて頂いたことから、ハナ様にはいろいろ伺っていたこともあるので、詞章に起こしても差し支えないと思われることのみを、ここに記した次第である。

ところで成城と伊東の土地について、次のようなことがあったことを書き記しておこうと思う。

「知人に貸した五百万円の担保で預かっている土地が成城にあるんですが、返済ができないとの連絡があったので、寺島さん、お買いになりませんか。」

その時は、成城の土地五十数坪と一緒に、伊東市松原にある別荘も付けて下さり、買わないかと言われた。

金額は五百万円といわれた。恐らく、成城の土地を担保に五百万円貸してあげたのであろう。そこに伊東の別荘をつけて、私にあげようと考えられたものと思われる。

ただその時、既に横浜に土地付きの家を手に入れてしまっていたので、「残念ながら買ってしまったばかりなので」と言って断った。本当は欲しかった。伊東にある別荘は、今までの話の中で何回も聞いていた所である。また、その数年前、私は軽井沢に別荘地を分譲で買ってしまっていたこともあった。ただ、それはローンで買ったわけではないので問題はなかったのではあるが…。後年その土地は、地続きの方に欲しいと言われ売ってあげた。

伊東の別宅については、夏冬ともに住める場所として、ご夫妻が利用していたところであるから軽井沢とは違う。軽井沢であれば、冬は水道管が破裂してしまうことが起こり得る。ところが伊東ではそのような心配は、全く無用である。野村胡堂氏は仕事を抱え、バッグを背負って伊東駅に向かう事が多かったようである。軽井沢の胡堂氏別荘は学者村にあったようで、非常によく整えられ区画されたところであった。

その別荘地内の配管工事等を請け負った会社の早川会長から「軽井沢の別荘に泊まりにおいで」と言われ、友人二人を誘い、二泊程宿泊させて戴いたことがある。やはり証券のお客様であったことから、可愛がっていて下さったように記憶している。軽井沢迄、私ともう一人が交代で車を運転して、買って間もないトヨタの中古車で、お客様である早川様に乗っていただき、往復した思い出がある。しかしその頃は、胡堂先生の別荘もそこにあるとは、全く知る由もなく、考えてもいなかった。

他愛もないことを記してしまった。右のような「あとがき」を書いているうちに、若かったころを思い出して振り返っている。ただ、その時遊びに行った同じ年の友人二人は、ともに他界してしまっている。

令和元年十一月七日

【参考文献】

『浮世絵事典』（下）「広重」　「画文堂」

『宮沢賢治　雨ニモマケズという祈り』　重松清・澤口たまみ・小松健一　「新潮社」

『水滸伝を読む』　伊原弘　「講談社」

『蒙古襲来』上・下　網野善彦　一九九二年　「小学館」

『宮沢賢治「妹トシへの詩」鑑賞』　「暮尾淳」著　「青娥書房」

『太平記』　武田友宏編　「角川文庫」

『名曲決定盤』　上・下　あらえびす　野村長一著　「中公文庫」

『野村胡堂・あらえびすとその時代』　太田愛人著　「教文館」

『一握の砂・悲しき玩具』　石川啄木作　「岩波少年文庫」

『わたしの野村胡堂・あらえびす』　藤倉四郎　「東京経済」

『銭形平次捕物控　傑作選』❶　野村胡堂　「文春文庫」

『銭形平次捕物控　傑作選』❷　野村胡堂　「文春文庫」

『野村胡堂・あらえびす』　野村胡堂・あらえびす記念館　「文藝春秋企画出版部」

『野村胡堂からの手紙』　藤倉利恵子　「文藝春秋企画出版部」

『父の手紙』　八重嶋 勲　「岩手復興書店」

『音楽は愉しv　野村あらえびす　「㈱音楽之友社」

『奇談クラブ』　野村胡堂　「河出書房新社」

『東洋音楽史』　田辺尚雄・植村幸生校注　「平凡社」

【参考文献】

『紫苑の園・香澄』　松田瓊子　「小学館文庫」

『野村胡堂　あらえびす小伝』　野村晴一　「野村胡堂・あらえびす記念館」

『愛は無言のうちに』　松田稔子　「婦人之友社」昭三七・三

『一粒の麦』　松田智雄　「婦人之友社」昭三八・七

『バッハからシューベルト』　野村あらえびす　「名曲堂」

『金田一京助・私の歩いて来た道…』　金田一京助　「日本図書センター」

『思い出の人々』（金田一京助随筆選集②）　金田一京助　「三省堂」

『胡堂百話』　野村胡堂　「中公文庫」

胡堂夫妻と三女稔子さん

【著者プロフィール　他】
寺島利尚（てらしまとしなお）

長野県出身　　昭和 12 年 2 月 22 日生。
23 歳より 15 年間証券界在籍。学習塾・予備校経営。
その後、万葉集ほか古典弦誦。

元目白学園女子短期大学（現目白大）国語国文科講師 11 年間。

元横浜山手女子中学高等学校顧問（講師派遣 6 年間）。

他校にも講師派遣。


【著書等】

『古典語飛石づたい』中島印刷。

「良寛の歌語から外された玉藻刈る」『良寛酒ほがひ』（寄稿）文化書房博文社。『校注沙石集』（共著）武蔵野書院。

『人麻呂のこころと時代を詠む』株式会社牧歌舎。

【他論文等】
「志賀白水郎歌と憶良歌の節奏」・「家持歌の用字についての一考察」・「梅花の歌群用字考」等十数篇
著者 E -mail: maishin @ festa.ocn.ne.jp

～御存知！「銭形平次」の作者とその妻の物語～

野村胡堂とハナ夫人

2020 年 10 月 1 日　初版第 1 刷発行
著　者　　寺島　利尚（監修　住川　碧）
発行所　　株式会社牧歌舎　東京本部
〒 101-0064　東京都千代田区神田猿楽町 2-5-8 サブビル 2F
TEL.03-6423-2271　FAX.03-6423-2272
http://bokkasha.com　　代表：竹林哲己
発売元　　株式会社星雲社（共同出版社・流通責任出版社）
〒 112-0005　東京都文京区水道 1-3-30
TEL.03-3868-3275　FAX.03-3868-6588
印刷・製本　藤原印刷株式会社

ISBN 978-4-434-28024-5　C0095